石立善　林振岳　劉斯倫　主編

日本漢詩文集叢刊

第一輯

上海社会科学院出版社
SHANGHAI ACADEMY OF SOCIAL SCIENCES PRESS

圖書在版編目（CIP）數據

日本漢詩文集叢刊. 第一輯 / 石立善, 林振岳, 劉斯倫主編. —上海：上海社會科學院出版社, 2019
ISBN 978-7-5520-2852-2

Ⅰ. ①日… Ⅱ. ①石… ②林… ③劉… Ⅲ. ①漢詩—古典詩歌—詩集—日本 ②漢語—古典散文—散文集—日本 Ⅳ. ①I313.12

中國版本圖書館CIP數據核字（2019）第204662號

日本漢詩文集叢刊·第一輯

主　　編： 石立善　林振岳　劉斯倫
执行主編： 林振岳　劉斯倫
責任編輯： 劉歡欣　唐雲松
特約策劃： 黄曙輝
特约编辑： 許　倩
封面設計： 崔　明
書名題字： 竹　汐
出版發行： 上海社會科學院出版社
上海順昌路622號　郵編200025
電話總機 021-63315947　銷售熱線 021-53063735
http://www.sassp.cn　E-mail:sassp@sassp.cn
照　　排： 上海歸藏文化傳播有限公司
印　　刷： 北京虎彩文化傳播有限公司
開　　本： 787毫米×1092毫米　1/16
印　　張： 116
字　　數： 1400千字
版　　次： 2020年1月第1版　2020年1月第1次印刷

ISBN 978-7-5520-2852-2 / I·357　　定價：2380圓（全三册）

夕陽無限好

——《日本漢詩文集叢刊》代序

稻畑　耕一郎

日本自有史以來即接受中國的文化，對之模仿、解讀，在此基礎上構建了自我的文化。就此而言，過去日本的傳統學問，本質上就是中國的學問。文史哲領域自不必説，其他如書畫藝術乃至天文學、醫學等，都移植了當時中國的先進文化，並使之紮根於本國土壤進而得到重構。

然而這一文化的接受過程，實際上僅局限於少數的知識分子階層。因爲只有他們能夠直接接觸到中國傳來文物典籍，無法普及到日本下層百姓。另一方面，知識分子對中國文化的理解程度也未必深刻，《文選》之辭賦，杜甫、韓愈之詩文，能在多大程度上得到理解，是值得懷疑的。在鐮倉時代末期（十四世紀中葉）至室町時代（十五世紀末），以京都和鐮倉的禪宗寺院爲中心形成了「五山文學」，禪宗的僧侶們創作了大量的漢詩文。然而在當時，能理解漢詩文的知識階層圈子相當窄。可以説，除了佛教以外，中國的文化並没有浸透到廣大的庶民階層。

到了江户時期（一六〇三年—一八六八年），上述的這種情况發生了重大的變化。江户幕府畏懼基督教傳入，多次頒布鎖國令，禁絶海外交流。而與中國之間的商業往來，由於不牽涉到基督教，因此准許在長崎開港，長崎從而成爲日本了解海外局勢的唯一窗口。與此同時，儒學受到江户幕府的重視，其地位上升爲幕府的基本治國理念。儒學得到大力振興，作爲官僚的武士階層必須具備漢學的素養。各地的城市及寺院也出現了初級的教學機構，《論語》、《唐詩選》等作爲初學教材，被廣泛使用於市民教育之中。

日本的識字階層驟然擴大，對漢詩文懷有興趣的民眾基礎也隨之形成，遠超前代。而中國出版的書籍自長崎傳入日本，又進一步推波助瀾，據此翻刻、帶訓點的和刻本以江户、大阪爲中心大量出版。中國的學問被統稱爲「漢學」，即始於這一時期（十八世紀末）。

在這樣的時代背景下，江户時期的漢學有了長足的進步，並取得了豐碩的成果。這一時期學者的漢詩文熟練度也超越了語言體系相異的外國人水平。江户漢學取得的成果中，除了現已聞名中國的林羅山、新井白石、荻生徂徠、賴山陽等學者以外，尚有眾多學者的業績未經整理介紹。這種情況的出現與往後時代學術格局的形成有着密不可分的關聯。

在江户幕府倒台、進入明治時代之後，日本社會風氣爲之一變，獨尊漢學的傾向也發生了根本上的變化。知識分子開始認真反思，中國的學問長久以來作爲學習對象模仿至今，是否真的對日本社會的進步作出了貢獻？造成此一局面的原因，一方面是因爲向來憧憬的孔孟之邦在清末之際社會陷入了極度的混亂，另一方面也緣於西方列强船載而來的全新學問體系。明治政府急於實現現代化，將大量精英送往歐美，與此同時前往中國留學的寥寥無幾，日本國内甚至出現廢除漢字的爭論（這一爭論在第二次世界大戰後的二十世紀中葉進一步激化）。

儘管時局如此，日本知識分子的學養依然紮根在漢學之上。例如江户至明治的政權變革被稱爲「維新」，仿效西洋設立的社交館被命名爲「鹿鳴館」等，這樣的稱法都是具有代表性的例子。知識分子們經年累月積蓄的漢學素養在翻譯歐美文獻中發揮了巨大作用，可以説如果他們的腦海中没有漢語這一外來語存在，翻譯西洋文獻無疑會變得更加困難。

因此這個時期的日本知識分子，即便不是專門從事漢學研究，也依然可以讀漢詩文；即使無法以漢語進行對話，也依然可以通過漢詩文表達其人所思所想。大量流傳至今的這一時期中日學者間筆談記録、詩文唱和，即是這一現象所形成的結果，這也使得該時期成爲中日交流史上的一個獨特階段。

知識階層以外，整個日本社會接受漢詩文的民眾基礎同樣不可動摇。《初學文编》、《初學文範》等編纂於這一時期的漢文課文，都不僅僅以讀漢詩文爲目的，更是爲了培養寫作能力。以今人的眼光來看，這些初學教材皆具有相當高的水準。此類訓蒙書大量出版並在社會上廣泛流行，意味着與社會表層的西化潮流相反，漢學的根基直抵庶民階層，且仍舊大範圍深植於日本社會中，整個日本社會還對中國古典文化整體保有敬意，理解中國文化的底子相對來説還是深厚的。

漢學如此廣泛地普及到整個日本社會，此一現象在日本歷史上前所未見，也正是在這樣的基礎上，誕生了爲數衆多的漢詩文作者。雖然在今日難以想象，當時日本各地出現了漢詩文創作的民間結社，報紙上甚至開設了專門的漢詩投稿欄。在漢學普及之下，知識分子的作品更加地道，質量遠邁前代。能夠和中國文人直接交流，自然與這一繁榮景象的出現息息相關。可以説，日本漢詩文創作至此達到了歷史上的最高潮。然而，這樣的歷史如今也已被人們徹底地遺忘了。

在此之後，日本的歐化趨勢無論是在速度上還是程度上都大大加强，文化界中繼承漢詩文傳統的知識分子與日俱減，最終無法避免地成爲少數派。在社會上，漢學家甚至被視爲食古不化、不諳世故、對社會進步没有作用的守舊派。時至今日，我們不得不承認日本知識階層的漢詩文創作傳統除了極少數尚存的例外，幾乎已經消亡。這也導致了日本人對中國傳統文化的理解顯著減退。因爲像過去那樣通過漢詩文創作而獲得的對於中國文化精髓的共鳴以及深刻的認識，都隨着創作的消亡而僅剩極其膚淺且片面的文化殘留。

與此現狀呼應，當下日本社會即使尚存漢詩文創作的活動，也鮮有對其感興趣者。這樣的文化被看作是落後於時代的表現，這種局面或許和百年之前中國的新文化運動或是文學革命有着很多相似之處。

對於日本的漢詩文，近年來我感到有從新的視點出發對其加以再認識之必要。這並非如同過去那樣，單純將日本的漢詩文創作視爲東亞地區以中國爲核心的文化傳播、文化交流問題。這樣的想法當然是對的，然而我認爲，或許我們已經到了有必要從更高的層次來對此一問題重新進行思考的時期。

二十一世紀以來，伴隨着通信與交通手段的發展，世界各地以超越前代想象的方式緊密聯繫在一起，彼此間的交流成爲再尋常不過的事情，每天都在蓬勃展開。這種情況下，世界上也出現了使用後天習得的語言而非從小熟悉的母語來進行創作的作者。這些作者筆下的文字表現雖與母語者並無不同，但其中卻蘊含着不一樣的感性與認識，其創作因而獲得了很高的評價。不過此類作者中，詩人似乎並不常見。畢竟，無論是哪個國家，詩歌都必然是其地語言最美形態的展現。至於採用古典形式創作的漢詩，則除了講究語言的優美之外，同時更要求詩人精通中國的歷史與文化。

從這樣的視角觀察，不僅是日本，包括朝鮮、越南，或者是遼金時代的耶律氏、完顔氏的漢詩文都有必要重加審視。這種審視的角度不在於他們有多麼接近中國歷代的作者，而在於他們的疏離（也可以是他們的個性）。換言之，應該對漢詩文在不同語言體系的背景之下取得了怎樣的成果加以評價。這種疏離的出現雖然源於文化接觸的過程，但在更加本質的層面上，也是因爲漢詩文及其基礎的「漢字」是一兼容並蓄的平台，擁有着能夠促使不同語言圈的人群參與其中創作的豐富包容力。而這或許正是「漢字」本身能夠超越時間、地域得以永存的原因吧。

《日本漢詩文集叢刊》所收作品，皆爲近代日本的漢詩文集，且無一不是不容輕視的重要作品群。有賴編者的辛勞付出，我期待以此《叢刊》的刊行爲契機，使這一時期日本漢詩文的研究能够得到更進一步的發展。因爲這些作品代表了日本漢詩文之最高峰，同時也是最後的光輝。遺憾的是，今後再難指望日本可以培養出創作這樣的漢詩文的作家群體了。希望藉此《叢刊》所載作品群，日本漢詩文之艷陽落幕前最後的餘輝可以再次獲得人們的矚目。

己亥夏至寫於金陵棲霞山下南大和園白露居

總目

第一册

内藤湖南

寶左盦文　日本大正十二年（一九二三）鉛印本

航歐集　日本大正十五年（一九二六）影印本

玉石雜陳　日本大正十七年（一九二八）中華書局鉛印本

附華甲壽言　日本大正十五年（一九二六）鉛印本

狩野直喜

君山文　日本昭和三十四年（一九五九）鉛印本

君山詩草　日本昭和三十五年（一九六〇）鉛印本

附稱觴集　日本昭和三年（一九二八）鉛印本

鹽谷温

節山先生詩文抄　日本昭和三十二年（一九五七）鉛印本

第二册

近重真澄

鴨涯草堂詩集　日本大正十六年（一九二七）鉛印本
太秦山房詩集　日本大正二十年（一九三一）中華書局鉛印本
安井隠居集　日本昭和十四年（一九三九）鉛印本

第三册

加藤虎之亮

天淵文　日本昭和三十年（一九五五）鉛印本
天淵詩　日本昭和三十年（一九五五）鉛印本
天淵詩續稿　日本昭和五十九年（一九八四）鉛印本
附紀恩帖　日本昭和二十八年（一九五三）鉛印本

日本漢詩文集叢刊

第一輯
第一册

第一册目録

内藤湖南

寶左盦文

序目……五
神田氏藏古鈔尚書跋(大正四年二月)……九
岩崎男藏古鈔尚書跋(大正七年九月)……一九
新印南宗論語序(大正五年七月)……二三
記古罫(大正九年十月)……二五
景正德本三國遺事序(大正十年七月)……二七
有竹齋藏鉢印序(大正六年四月)……三一
山城愛宕郡高野村崇道神社之碑(大正四年十一月)……三五
唐鄭恒及夫人崔氏墓志跋(大正二年十二月)……三九
瘞髯銘(大正八年十月)……四一
藹藹居士大内先生碑銘(大正十年九月)……四五
高橋陸二先生贊(一首有序 明治四十二年)……五三
書孫幼穀壽言册後(明治四十五年四月)……五五
吳竹菴記(大正九年八月)……五七
秋田縣鹿角郡毛馬内町征露役忠魂碑記(大正十年八月)……六一
耶馬溪圖卷跋(大正三年十二月)……六五
清朝書畫譜序(大正五年八月)……六七
大正閒氣集題詞(大正七年六月)……七一
容安軒舊書四種序(大正八年十月)……七三
舊鈔本翰苑跋(大正十一年三月)……七五
聖武天皇宸翰雜集跋(大正十年十月)……八七
大唐三藏玄奘法師表啓跋(明治四十三年六月)……九五

航歐集

玉石雜陳

華甲壽言

狩野直喜

君山文

君山詩草

稱觴集

鹽谷温

節山先生詩文鈔

内藤湖南

寶左盦文

寶左盦文

大正十二年
刊于平安

景薄桑榆復罹篤疾悲立言之未就感賦命之有涯搜檢
篋衍蒐羅詩筆平生所存篇章無多詩皆率作徒勞應酬
筆於經術竟少發明重席大學虛糜厚俸廿年所樹足增
慙恧因在病間自編叙目屬 㕛神田君論次成帙又命
小兒輩排印付刊就正交友併誥從游噫二三子鑒吾貽
伊悔須及早努力耳大正十二年春分日書於京都帝國
大學醫院第九病舍明日將賴猪子鳥瀉兩醫博之神技
截開膓腹抉出膽石也

神田氏藏古鈔尙書跋

岩崎男藏古鈔尙書跋

富岡氏藏唐鈔王勃集殘卷跋

正倉院本王勃集殘卷跋

杜家立成雜書要略跋

寶左盦文

陸中　內藤　虎　撰

神田氏藏古鈔尙書跋 大正四年二月

舊鈔本尙書孔傳殘卷見存泰誓三篇牧誓及武成首章香巖神田先生所藏乃所謂隸古定本未經衛包改字者其書法比敦煌本更爲古秀又傳文句尾多之也等語辭蓋初唐人手筆爲見存尙書最古之襃泰誓之泰不作大困學紀聞所引晁氏衛包定今文始作泰之說不足信據羅叔言已辯之矣余亦以諸本校之泰誓上傳渡津乃作之林崎文庫本足利古本山井鼎所引並渡下有孟字之字林崎

本作誓采飾過制諸本采作服我與諸侯諸本我上有故字惟林崎本足利古本與此本同爲立君以正之林崎本同諸本正作政與君同下林崎本足利古本並有欲也二字泰誓中𢿌弃犁耇諸本耇作老予亇乱十人乱下旁注臣字唐石經亦如是乃後人妄添後來諸本皆襲其誤但乾隆石經删臣字以復開成之舊說見彭元瑞石經考文提要此本一出石經原刻之非脫字可以徵信百姓廩=群書治要及林崎本同諸本廩作懍傳渴日字三出皆渴不作竭元和本群書治要林崎本岳本皆同與釋文所引合足利宋注疏本作竭岳氏九經三傳沿革例曰吉人渴

日以爲善凶人亦渴日以爲惡疏以渴作竭釋文渴苦曷反汎而觀之疏則以其義爲竭盡之竭釋文則音爲飢渴之渴然考之周禮渴澤用鹿渴其列反則渴字亦有竭音說文渴丘葛反盡也則音飢渴之渴其字亦有竭義註所謂渴日蓋猶言盡日也今只作渴阮氏校勘記云說文㵣欲飲也渴盡也竭負舉也今人多亂之此渴字本當作㵣盧文弨校釋文以爲當讀如渴葬之渴是也非取渴盡之義尤不當作負舉之竭俗本既誤作竭併釋文渴苦曷反改作竭巨列反謬甚按尾刻治要從俗本改渴作竭傎之甚矣稱黎諸本黎作犂惟足利古本與此本同又諸本犂

下有老字能長世以安也諸本也作民新舊治要並同此本林崎本則安下旁注民字乃校者所爲泰誓下經商王受諸本商上有今字惟治要同此本古之人ナ言諸本無之字傳明不可不罰治要及林崎本並罰作討於義爲長知此罰字爲討之譌諸本作誅者非也明着岐用古文周與用近所以致譌阮氏校勘記云古本宋板周作刕盧文弨云刕乃衆字從三人後人不識妄改爲周當如盧說按此說非也林崎本作州刕乃州之俗字我邦古寫本多用此字亦有所本晉書王濬夜夢懸三刀於臥屋梁上須臾又益一刀濬意甚惡之主簿李毅拜賀曰三刀爲州字又

㳉一者明府其臨㳉州乎此六朝俗字自有此體也但此本已作周可知山井所引古本宋板並以音同而譌牧誓經庸蜀羌髳微盧彭濮之人諸本無之字牝雞無晨牝雞之晨諸本晨皆作晨按說文晨乃愼古文豈因音近而譌軼惟婦言用漢書五行志引此經及舊本治要並同唐石經言下是字乃後人旁注林崎本亦如是諸本有是字者皆仍唐石經遂竄入正文也但史記周記已作維婦人言是用亦與漢書異皮錫瑞以爲歐陽夏侯異義所致尾本治要有是字則校者臆改不足據矣弗愆于六步七步弗愆于三伐五伐六伐七伐愆乃愆之譌諸本皆作愆惟藝

文類聚第五十九所引及足利古本同此本如虎如貔如熊如羆擊于商郊諸本無擊字按傳云四獸皆猛健欲使士衆法之奮擊於牧野則疑經本有擊字傳因釋之如此或此本因傳意而衍一擊字並未能明弗卸克奔諸本卸作迓惟林崎本同此本薛季宣本則作御阮氏校勘記云匡謬正俗引此經迓作御徐仙民音禦是徐本亦作御疏云王肅讀御爲禦則孔氏所據本亦作御蓋作御者古文作迓者今文也釋文云馬作禦史記同盧氏釋文考證則直以爲本是御字開寶間校改按唐石經已前無作迓者則始改字者衛包阮氏以迓爲梅本今文似無據也傳若

虎賁獸言其猛也史記集解引此無獸字旅衆大夫也諸本衆下有也衆二字夫下無也字古本無下衆字惟史記集解同此本阮氏校勘記以爲文義較順允矣林崎本本亦如是旁注也衆二字則校者所爲耳武成序往伐歸獸獸薛本作嘼匡謬正俗引此亦作嘼以爲六畜之字本作嘼以徐仙民音始售反爲非孔疏取野獸之義則其所據本作獸無疑釋文曰徐始售反本或作嘼許救反按陸孔顏三氏同時而釋義不同如此阮氏以爲作嘼者古文作獸者今文然此本已作獸則其說不足據也傳月二日近死魄諸本脫近字惟林崎本岳本毛本同此本以撫綏四

四二

方中夏古本綏作安非林崎本安字旁注亦校者所爲故大業未就林崎本同據阮氏校勘記云葛本正德本嘉萬本閩本纂傳並業作統惟岳本作業與疏合毛本依之今獲此本可證岳本之是凡此數事皆此本與諸本異同之處粗有關係者其餘譌奪衍文顯然無疑者讀者自能辨之不俟余標出也此本所用隸古字比足利本較多然以狩野子溫博士所校敦煌本（斯塔因氏所獲以歸英國博物館者）校之頗有出入知隸古字自晉至唐迻寫者每減其數非復梅本之舊薛氏復自數百年後欲盡變今爲古豈可信乎余將別撰梅本尚書隸古字考顧繕寫未畢無從問世已夫今日所見

尙書傳世古本自叔言所印行敦煌本我邦傳抄本外尙有英國博物館藏敦煌本我東寺藏古寫本皆爲隸古定本有豐宮埼本林崎本爲今字旁注隸古本若能合校此等諸本再參以子溫所見佛國敦煌本陸氏釋文則豈惟梅氏古文頓還舊觀庶乎上溯賈馬鄭王傳承之師說直窺杜林衛宏漆書之本眞斯不難矣方今薄海內外萬里比鄰重譯梯航聲氣相應行當與諸友謀遂了斯願耳此本紙背寫錄元秘抄據藤貞幹國朝書目乃高辻長成卿所撰長成官至參議正二位卒於弘安四年亦爲六百年前之舊笈矣

五二

岩崎男藏古鈔尚書跋 大正七年九月

舊鈔本古文尚書孔傳第三卷禹貢殘篇第五卷盤庚上中下（盤庚上缺首數行）說命上中下高宗肜日西伯戡黎微子（缺尾數行）第十二卷畢命（缺首數行）君牙冏命呂刑舊藏平安搢紳某伯家今歸岩崎男審其書法第五第十二兩卷實與神田香巖君藏舊鈔尚書殘卷同出一手第三卷自屬別手但其並爲初唐人手筆紙背寫元秘抄則皆同以此校通行諸本異同寔夥今特舉其一條俾知古鈔之可貴不止在紙墨之古書法之美禹貢瑤琨篠簜孔傳瑤琨皆美石也足利宋注疏本相臺岳氏本阮氏刻本皆作美玉史記夏本

紀集解宋百衲本紹興本亦同但岩崎男所藏舊鈔本高山寺舊藏亦由某伯歸岩崎氏者瑤琨竹箭集解孔安國曰瑤琨皆美石實同此本按孔穎達疏瑤琨皆美玉云美石似玉者也玉石其質相類美惡別名也王肅云瑤琨美石次玉者也近人多疑僞孔傳出于王肅此傳乃與王異故王先謙謂僞孔此傳與王異而誤今見此本知僞孔實不與王異其異者尚書史記皆出于宋板僞本僞孔之成于王肅亦可以加一證矣又說文瑤玉之美者从玉䍃聲詩曰報之以瓊瑤琨石之美者从玉昆聲虞書曰楊州貢瑤琨二徐並同而徐鍇又於琨字引穆天子傳曰天子之寶玉琨注曰琨石似珠

也是琨之爲美石殆無可疑但瑤之爲玉爲石猶當俟攷
按陸德明尙書釋文瑤音遙琨音昆美石也詩木瓜釋文
瑤音遙美玉也說文云美石是陸氏所見說文實作美石
又慧琳一切經音義音廣弘明集云瑤曜昭反毛詩傳云
瑤美玉也說文石之美者也是慧琳所見本亦作美石並
與今本不同詩木瓜正義亦釋瓊瑤爲美石故段玉裁注
說文直改爲瑤石之美者謂各本石譌玉今依詩音義正
衛風報之以瓊瑤傳曰瑤美石正義不誤王肅某氏注禹
貢劉逵注吳都賦皆曰瑤琨皆美石也大雅曰維玉及瑤
云及則瑤賤於玉周禮享先王大宰贊王玉爵內宰贊后

瑤爵禮記尸飮五君洗玉爵獻卿尸飮七以瑤爵獻大夫是玉與瑤等差明證九歌注云瑤石之次玉者凡謂瑤爲玉者非是王先謙亦謂今説文作玉之美者乃傳寫誤今此舊鈔本及史記鈔本並作美石則瑤琨之爲石又加一證矣惟此一條已足見其愈于諸本異日當全錄校語盡發其佳處也敦煌本亦有盤庚説命高宗肜日西伯戡黎微子諸篇校之此本隷古字已減半此本之爲傳世尚書最古之𡚁猶信

新印南宗論語序 大正五年七月

我邦所傳經典惟論語最舊其流傳亦最廣傳鈔古本存于今者單經本何氏集解本皇氏義疏本亡慮數十通其刊本集解則正平板本最舊單經則天文板本最舊正平本刻板今歸於帝室博物館已殘缺不完惟天文本刻板久藏堺之南宗寺經三百八十餘年完好無缺實爲天下之珍矣有清原公宣賢跋云泉南人阿佐井野歎東京魯論之板罹于火災重謀鏤梓因付以累葉的本按阿佐井野名宗瑞大永中刊行醫書大全幻雲壽桂稱其有濟人之志宣賢亦目以佳士則其人可知矣宣賢學兼中外爲

當時儒宗既疑其家本與新渡本有異而篤信家傳不肯加改竄能存先唐眞本面目不失毫髮可謂有識矣文化間仙石君政固嘗影刻此書又作考異一篇甚精今其板已不可問矣頃南宗寺主玄秀和尚慮珍寶之日就湮沒行將以刻板寄存於大阪圖書館先印一千分以餉同好使予弁其首夫南宗論語之名久噪於世何俟予言顧傳本甚少學者獲之視如拱璧今乃得夫人而挾之和尚之惠也因慫慂和尚坿刻仙石氏考異使世人幷知其與諸本出入之處乃其六朝舊帙之遺爲可貴焉嗚呼其亦所以成淸公與阿佐井野之志也夫

記古斝 大正九年十月

瓊浦橋本君藏一古斝有蓋鋬下及蓋文並曰酓乀吾友羅叔言參事嘗定爲商代物謂古斝有蓋者至少此器文字至精而蓋具存至可寶貴叔言金石之學爲當代第一則此說可信余徧閱宋以來著錄古器之書亦實未見有蓋之斝也又古器文有酓字者余所見王復齋鐘鼎欵識商飲二銘及陶齋吉金錄父甲觶耳王氏釋爲飲阮芸臺已疑之云王氏舊題商飲不知何器二銘亦不知孰爲蓋孰爲器飲非器名博古圖有飲爵文作酓飲本從酓作酓者省此丫向上又有不同或曰飲當釋爲莤說文云莤禮

祭束茅加于裸圭而灌鬯酒是爲莤象神歆之也段懋堂依歆會改歆爲歆一曰莤榼上塞也从酉从艸此銘下作酉字上作艸形是榼上塞之象也其說亦可通按博古圖飮父丁爵文作畣𠬝·畣字雖出於傳模漫漶之餘竟不似畣之省文攈古錄金文有山卣文作山酉博古圖畣字或與此同亦未可知然其釋曰山卣者亦未免臆斷陶齋錄觶文曰畣𠬝乃寶雞出土柉禁所安古器之一聞已歸米人某則有畣字之古器止此爲可徵此畢之可寶亦不僅以其有蓋矣

景正德本三國遺事序 大正十年七月

考鏡三韓古史莫要於三國史記三國遺事二書東京帝國大學並有校刊本尤稱精善按遺事高麗麟角寺僧一然撰一然乃所謂普覺國尊也然閔漬所撰普覺國尊碑舉一然著書未及此書豈以其係傳記雜著非內典所重歟書成於元世祖至元間其後弟子寶鑑國師混丘頗有補記其夾注又多出後人其初刊不知在何時明正德壬申慶州府尹李繼福重刊有跋云三國本史遺事兩本他無所刊只在本府歲久刓缺一行可解僅四五字因謀改刊分刊列邑還藏于本府距今已四百餘年流傳竟少板

亦殘缺未詳存佚尾張德川侯東京神田男各藏一本並係文祿役將士所齎歸神田本有養安院藏書印乃浮田秀家所持贈醫官曲直瀨正琳也二本皆正德刊而並奪七葉則板之不全在文祿以前已然東京大學刊此書時據神田本以無異本可校對未能補足也本學助教授今西君龍別藏一本亦正德刊顧獨完好無一缺葉間有校語爲順菴安鼎福手筆審其板式自有新舊兩樣蓋正德改雕時猶有舊板未刓者與新刻並存耳今以此校東京大學刊本卷首題三國遺事王曆第一東京大學本改爲三國遺事年表蓋以神田本德川本並奪首二葉私立篇

目也第一葉載高麗東明王以爲壇君之子寔屬異聞紀異卷第一神田德川兩本奪第七八兩葉乃記伊西國五伽耶北扶餘東扶餘高句麗事注引壇君記亦爲佚書典法第三神田德川兩本奪第五十二五十五五十六三葉乃南月山篇之半天龍寺篇之半伯嚴寺石塔舍利篇之半及靈鷲寺有德寺五臺山文殊寺石塔記三篇全文大抵東京大學本校勘雖精往往不免羼改太過王曆一篇移易行款且據晚出東國通鑑補改原文尤爲亂古書面目矣今本學部新用玻璨板景印今西本邊幅雖蹙古香不損神明煥然頓還舊觀止補傳本之奪簡未訂前脩之

訛文且餉綴學以思誤書之適庶免輕疑而乖微誼之譏
云爾

有竹齋藏鉨印序 大正六年四月

著錄鉨印之有專書昉於宋代明來顏叔刻宣和集古印史云書出於石箐山畔然顏叔自序又謂宣和殿之譜不傳以桐棺丹篇之書爲南渡以來好事家所寶以自殉臨摹傳刻以存壞寶於旣滅意至美也詎乃雜出生平之收藏與前人之著錄漫無分別體例不純四庫全書提要竟疑爲僞託矣宋晁克一之印格見於郡齋讀書志張文潛序謂自秦以來變制異狀皆能言其故今亦已佚顏叔所舉王順伯王子弁趙文敏吾子行楊宗道錢舜舉吳孟思沈潤卿郎叔寶各譜佚亡多半嘯堂著錄寥寥數十楊吳

十二

二書僅存其序於來氏史中迄于明季以後顧氏印藪以下其書滋出而愈精但以其皆成於搨摹故鉤勒雖工神味竟損篤古之士猶以爲憾四五十年來乃有原印之譜出焉其於篆法明人往往謬爲高論以篆改隸以古篆改小篆不知繆篆摹印在六書中自爲一體兼用隸法未可偏執古文强作穿鑿也近日學者據以證訂官制地理補史志之闕文匡經籍之譌誤自茲編錄之法一變其未加考證者亦皆序次粲然譜印一道始有助於攷古矣我邦攷印之學尙屬艸昧樂翁公之集古穗井田之埋辭概詳於內而略於外是以獲三橋雪漁之鐫收櫟園訒菴之譜

鉨有相夸耀以爲鴻寶者二三收儲之家頗知秦漢鉥印之可貴顧乃固鐍深藏自詫珍秘未有譜錄以廣其傳者有竹上野君獨奮於其間盡舉其所藏一百數十事以原印印之勒爲一編問序於余余受而閱之無論周秦古鉥可徵上代制作乃宋元官私諸印世所輕視然畫押異體八思𢖍文足見當時習尙其有益攷史不減三古法物徒以年代較晚舍而不問亦爲一孔之論此編則蒐羅先秦兼及宋元可謂另有所見矣上野君抗志愛古所蓄法書名畫之富久噪於世又多藏商周秦漢璆琳琅玕若能續成著錄亦足遠追呂朱之圖近比淸卿之撰跂予望之

山城愛宕郡高野村崇道神社之碑 大正四年十一月

上古之事方策不備往往取徵於神社而氏族盛衰動輙廟易主社絕祀非好學深思心知其意何能得其沿革之故哉延喜式載山城高野郡有出雲高野神社及出雲井於神社蓋皆古出雲氏所崇祀於其食邑出雲氏衰小野氏以孝昭之胤大德妹子又有渡海專對之功跨有城江愛宕之小野鄉見於和名類聚鈔延喜式又有小野神社二座亦在高野村延曆奠都廷旨尤崇加茂兩社於是出雲井於神社及小野神社並折而見攝於下加茂矣中世已還神祇失官兩部習合之說張而先王神道設教之意

荒有出雲寺者爲御靈社祝所謂八所御靈最重崇道天皇於是併出雲高野社改祀御靈稱曰崇道神社延喜式又有伊多太神社今高野村西林樾鬱然乃其舊址亦舊出雲氏所祀今已合於崇道社於是崇道社儼爲高野村總社焉明治維新崇敬神祇諸所施爲多因延喜舊文而酌定之惟高野之崇道社遂不復於古然村中尸祝與農戶俱嚴事總社猶出雲氏之遺又慶長中社後山崩出小野毛人朝臣墓志毛人者妹子子也大正四年官定爲國寶亦藏於崇道社於是出雲小野二氏之鬼與八所御靈皆獲血食於一社歲時脩祭虔肅無二嗚呼是合於先王

設教之意者非耶今茲朝廷行卽位儀蒸嘗之禮一遵古
制村民仰體盛旨欲効報本之誠於總社雕鎸樂石求文
於予因作銘曰
洮酒於罍盛粢於豆歌呼羞之以求神佑稻粱充羡里庶
且富癘疫熠熄人康而壽弓弭之貢手末之調勿怠勿替
助祭宗廟悅懌民誠弗爽施報降格民旁神德之邵

十五二

唐鄭恆及夫人崔氏墓志跋 大正二年十二月

文求堂主人前在燕都購獲唐鄭恆夫人崔氏合祔墓誌拓本既乞西村子駿跋之又求予言碑中夫妻姓字以偶與傳奇所稱鶯鶯事合諸家考證異論棼興連篇累牘久成聚訟蓋此石出土實在元曲盛行之日萬口豔說驚詫奇寶詞林珍賞喜廣異聞何遑斷斷論析異同子駿薈萃羣言折衷義理不拘拘於眞僞之辨所見高矣嗚呼岣嶁螺書託跡神禹贊皇刻石取徵汲冢金函玄印之封鳥跡馬蹬之字傳譌臆度猶足千秋矧夫會眞綺語未免造泥犁之業淇澳剔苔豈期辨西廂之誣歸功志墓訝亭林之

輕信見夢知州哂神物之多事但使風流佳話傳播人間架空結撰刻畫兒女可圖必傳於百世矣乃予偶爾涉筆命意曠誕亦一時興到未便擇言仁人長者勿咎輕薄可也

唐宰相世系表有兩鄭恒一爲劍州功曹參軍守忠子已經秋颿尙書檢出一爲合州功曹參軍恭先子官左淸道率府率在前卌五格畢君所未道及聊爲補之

瘞髯銘 大正八年十月

瘞髯銘者何識瘞香巖神田先生遺髯處也何銘乎瘞髯藉以載先生行事也先生諱信醇字子醇別號香巖晩以別號行曾祖諱家壽祖諱家伯考諱久伯家爲平安舊族本支蕃衍累十餘世而先生之生遭家不造生數月久伯君捐館有從祖信久以其子喜久繼久伯後躬攝家事以撫先生俟其長成而先生九歲信久乃沒喜久年纔弱冠時際德川氏末造喪亂相踵京師恟擾告警者日三四至故家大姓倒産墜業者不可勝數神田氏亦家道益不振而喜久又夭於明治紀元先生甫成童承家於多難之日

簿書期會賬目籌算焚膏繼晷銳意興復信久頗好學其
在時課先生讀用是先生已當家造次之間未嘗廢誦習
問詩法於江馬天江受書法於上竹潭既長家道稍興乃
益懋于問學搜羅古鈔舊槧金石書畫容安軒收儲之富
播聞于海内外容安軒者先生讀書處也明治卅一年以
精賞鑑見屬帝國博物館鑑別員先生少無宦情特以其
優奬之職無吏務責勉强就任四十年爲京都帝室博物
館學藝委員大正五年叙正七位七年十二月十四日病
卒得年六十有五訃聞　天子賜賻以助其葬配立本氏
三男三女所著詩稿筆記各若干卷又輯有容安軒叢書

數十巨册藏于家先生秉性冲夷姿貌和怡美鬚髯髯有脫落者便凾藏之比老竟盈握先生之沒嗣子信敏以狀來謁曰家世奉見眞法門例不營兆域欲卜地瘞先人遺髯立石其上以代碑碣敢以銘辭爲請嗚乎予少時已聞平安有詩人香巖先生者自納交先生亦且十年所先生晚益研精經籍尤致力本邦金石之學與予往復商搉甚密以其畏寒善病訪予必擇風日暄和之候撚髯促膝劇談轍忘漏促猶疇昔也而今乃亡瘞髯之銘非予孰作銘曰

華陽瘞鶴莊寧殉琴矧茲遺體有髯毵毵局之幽宅旣固

且安千秋萬歲庶其勿刊

藹藹居士大內先生碑銘 大正十年九月

自大法東流經像獻朝上宮資贊治化鑒眞繼傳戒律顯密之義敎禪之宗龍象迭出普度含識雖竺乾震旦無以過之至其現居士身證無上道橫絕衆流之濫遙纘鷲嶺之緒遠覽高翔闡化無方韞德之懋濟物之宏未有若吾藹藹先生之盛也先生諱退稱靑巒又號藹藹大內氏世爲仙臺藩士考權右衛門君雅素信佛晩遂出家先生幼喪怙受經藩儒年十六從水戶僧照菴始學內典尋侍照菴抵江戶笠首屩足游問關西無所獲資斧往往寄食僧寺民舍慶應四年在信之松本得王政維新之報星馳赴

京都則仙臺侯方蒙朝譴先生無以措身倉皇復抵江戸依書肆某參叩名師駒籠梅檀林又問業大槻磐溪兼綜儒釋極深研幾於是先生衣食於奔走者已十餘年矣明治五年豐後廣瀨林外著尼去來問答先生憤其傷國體著論駁之文名始噪於士林是歲朝廷置教部省巫祝緇錫皆補教導職有勸先生出仕者不應時方百度更新動輙變本加厲廢佛毀釋之論風靡一世法門之厄岌々乎朝不謀夕賴有二三耆宿若福田行誡新居日薩鴻雪爪能以高行遠識振拔流俗鎭靖物情先生以少年後生周旋其間目睹道術之危若一髮引千鈞決志回佛日於虞

淵因堅自誓終身不受官職不食俸祿本願寺僧大洲鐵然請爲法主明如上人講書築地別院則欣然應之會高僧島地默雷名士小野梓馬場辰猪井上毅等先後歸自歐洲欲以著述辯論開發風氣乃相與結一社曰共存同衆舉先生主編輯事又與外山正一菊池大麓辻新次諸人創尙學會因此名聲藉甚爲太政大臣三條公所賞識洎乎西南役起京官頗出從軍多缺員右大臣岩倉公復欲薦先生於朝先生固執初志不就與致仕紙幣權頭青江秀刊行曙新聞又別興明教新誌樂善會之肇訓瘖聾福田會之育嬰孩和敬會之開佛教演說先生皆與致力

焉凡先時之行警世之論苟可資以護法者奮莫不爲矣已而伊藤井上諸公當國一意慕傚泰西文物國論滔滔隨流揚波舉一切敎化之事視如敝屣異敎乘隙扇熖燎原法運孔亟復如廢佛之日時先生望重一代志氣方銳與同志謀興高等普通學校掀尊皇奉佛大同團刊江湖新聞闢外慕之詖辭遏頹瀾之横溢欲使盡去區區宗派之見其摧陷廓清之功赫赫在人目佛徒之聞風而起者亦惟此時爲盛但法門之陵遲久矣雖窮竭心力鼓舞飈厲勢若溯急湍寸前尺退事多中廢先生忿慨時機之未熟翻然屏絶人事雖兼善之念未灰而審勢矜愼不復與

末法道俗相爲謀矣其後各宗興學敷教寖以就緒未必不由先生爲之倡然而其撤去畛域攝歸一源之意則熄矣廿四年著信行綱領以詔學徒大意立三信三行信宇宙有本體現相妙用謂之三信行止惡脩善濟衆之道謂之三行辭約義博先生內證三昧善巧方便瀉瓶無遺矣先生素雄於辯一時無匹於是家居寡事四方爭延講說或請推衍

先皇教育聖訓因參證內外典歸重國體行以廣長舌能使聽者渙然氷釋自此游方化度廿餘年無虛日矣晚見推爲東洋大學長從衆望也先生嘗謂近日法運遞嬗可分四期明治十二年以前爲辯護期次十年

爲破邪期又次十年爲顯正期卅三年以後爲新佛教期
可謂善道教法通塞之故而先生扶翼斯道之跡亦粲如
列眉矣先生生於弘化二年四月十七日卒於大正七年
十二月十六日享壽七十有四有遺偈云雲心水迹七十
四年山蹊路盡手脚茫然自撰法諡曰清淨身院白雲青
巒大德蓋近世宗門鉅匠若葛城慈雲長泉德門優陀那
堯山諸公發憤著書昌言力行揭遺經之微言復正法於
晚季先生涉覽潛思心知其意故其於道芟刈枝蔓直見
本源加以慧解絕倫綜會自他二力通融眞俗兩諦素乎
世間相行乎眞實法要其歸趣猶上宮法王親鸞上人所

立義云其平生得力尤有契於永平元古佛於並世名宿傾倒坦山老漢坦山之住相之最乘也先生推輓甚力已晉山坦山不爲道謝先生亦不言勞人以爲難交道廣於天下若島田蕃根之閎博河瀨秀治之篤信並爲命世英彥以道義相切磋終始不渝著述等身皆以平易之辭明宏深之旨世多知者不必舉也已示滅緇素思慕不已欲範金鑄文樹諸諸嶽山域中以圖不朽以銘辭屬虎虎自侍絳帷卌餘年每受鉗鎚矧金石刻實有付囑不可獲辭顧先生一生事業不止于此今删存其有關於世道人心者至於世系族姻家諜具焉故不書銘曰

眇々一身繫道升降五十許年辭翰機辯黼黻聖諦吐屬
湧泉維摩丈室能使遠客膜拜席前諍禁闍維議廢大辟
先識卓然愛護動物放生延壽若解倒懸獎引後進成材
赴急情意綿綿凡茲藝行有一于此足稱必傳維降兜率
別有出世大事因緣百代宗師誰爲替人胡命胡天

高橋陸二先生賛 一首有序 明治四十二年

仙田君合裝高橋陸二先生國字牘爲橫卷求余題言筆翰妍妙辭旨肫惻手披口誦恍想聲容君之言曰噫子與余皆親炙於二先生耳提面命曾幾何時廼今人琴倶亡徽音永絕匳自楮墨間追挹膸馥不已痛乎題此卷者舍子誰居因感其意悽惋僭撰二先生賛薄申悲緒以託豪素陸先生書問及川那邊樂庵病狀蓋高橋先生以戊戌歸道山而樂菴與陸先生並以丁未背世顧十年間師友凋落愁毒塡膺臨紙靡堪黯慘之思焉

矯矯二君直道如矢危言危行不貫遇詭二君之器維瑚
維璉二君之心匪石不轉或躋膴仕振衣新浴或愛肥遯
長流濯足一推一挽扶輪風雅廿載遑遑支茲大厦天不
憖遺梁木蚤摧流風無繼令吾俳佪世俗嚋判玉與碔砆
邈邈二君今亡矣夫

書孫幼穀壽言册後 明治四十五年四月

歲乙巳俄師既棄盛京政府特派虎赴瀋考查舊事時候官孫公幼穀綜辦盛京交涉事務余以借鈔庫儲舊書照象殿閣珍寶事屢獲見公年齒可四十餘外簡澹而内通敏視其治事決裁如流案無留牘余不善華言每與筆語便覺中懷灑然煩累一洗竊爲歎異謂異日卿相之任其在斯人乎明年余復抵奉公既守郡洮南交涉一差已歸某君與之談論動多扞挌益思公矣有人游蒙境而還者余輒問公爲何狀稔聞洮南風土高寒蒙民襍處吏治皆屬草粃公處之晏如籌辦蒙荒規畫井然數年間磽确之

鄉變爲沃壤矣後六年今茲壬子余又來濬校閲舊書則公復在交涉之任余見之司署且驚其須髮皓然因笑謂曰蒙古風霜白盡公矣公爲囅然嗚呼世變叵測禹域近日政體已改往往有由草野書生升秉國鈞者以公之才與其治民之勤年五十又三猶滯於使道之列豈余疇昔之所見誠謬歟抑人之命於天者未可恃也頃公出其五十二壽册使余書其後因舉平生所思以質之於公幷以質之於彼蒼

吳竹菴記 大正九年八月

平安以千年帝都屢更變故洎乎干戈俶擾纏繞紫微繩繩九陌半爲宿艸祠廟之丹堊肆廛之粉壁與廢宮殘溝犬牙相厠乃觀於其四郊山川於俯仰墟落於低回形勢之可以鋪陳古事之可以稱述者何限其在巽維惟法性寺址尤爲宏大法性寺者藤原貞信公所建也方其盛時化城比甍霞複雲重自經兵燹蕩焉一空相傳今大和大路一橋二橋三橋卽其舊址東控光明峯稻荷三峯南連深草伏見人煙斷續田塍如畫加茂之水高瀨之渠蜿蜒瀠洄稱爲城南勝區自昔高僧辭人往往嘉遯謳詠焉有

飯田君新七者平安大賈也兄弟數人協力興業家號高島屋東京大阪皆有分莊其所織造積居文繒錦綺綾羅綢緞之精超越前古凡海外萬里梯航朝聘王子公孫貴游勢豪之輩觀光上邦者未有不造訪高島屋也君旣以其業雄於三都顧平居厭市井之塵囂愛郊坰之幽閒乃卜三橋之南購地數頃以爲別業每値良辰美景與其家人子弟就游息焉今元帥山縣公命名曰吳竹菴君間介丹羽君圭介謁余爲記因獲親覽吳竹菴之槩菴據爽塏門臨大路入門數步雜植嘉木茅舍數椽瓦屋數楹有樓巋然君遂與丹羽君導余登樓樓上敞豁宜於遠矚二君

爲余盡指其勝景之處曰東面一帶蒼松交蔭林樾蒙密
間見飛簷翼然紅閣掩映者東福寺三門與稻荷祠樓門
也西則東寺浮圖軒露於邑里籬落之表迤南平田微茫
瀲江如練絕西山之脈而入於蒼莽中高颿遠檣往來水
天之際北望城中闤闠萬家鱗次鉅刹甲第參差矗出而
愛當諸峯遙在浮嵐暖翠之外北山橫環攢蹙東走峙爲
叡嶽巍然艮隅蓋其總賚欄楯之間目力所極如此至於
雨暘炎涼之推移朝夕暉陰之變化終日而萬千曷可勝
言乎若夫夜深人靜萬籟俱寂高瀨棹歌時到枕簟晨光
熹微風振木末降神琴篴韻傳清商則又足使人息慮澄

思瞿然發深省焉余曰善哉二君之道吳竹菴也雖古九能之士之能賦能說無以尙也況飯田君兄弟雖以鬻貨懋遷治生志存利物情鄙紛華有時頣眞邱壑邈然與夫高僧辭人相契豈但流連光景平章風月云爾乎哉嗚呼是可以記已

秋田縣鹿角郡毛馬內町征露役忠魂碑記 大正十年八月

明治甲辰征露役興我鄉人從軍將校士卒凡一百三十許人其陣歿若病死者一十一人後十餘年鄉人以狀來請予文予諾而未果者又數年今茲辛酉鄉人書告曰所劖貞石將爲蘚苔蔽而子文未成無以慰死者予爲之黯然乃按狀黑溝臺之戰陣歿者三人被創而死於病院者三人奉天大戰陣歿者二人被創而死於病院者一人其二人病歿姓名皆具於碑陰戰艦三笠爆炸時殉職之海軍機關兵一人附書焉蓋此役野戰惟黑溝臺最爲艱苦歲乙巳一二月間遼東地凍深數尺露軍候我寡單萃重

兵繞而衝我背志在必勝我第八師團雖銳師新出而暴氷雪之野當七倍之衆躬犯鋒鏑忍凍裹創不失尺寸之地以俟援師者數日夜困頓窮竭不可名狀遂能摧破强敵逐之數百里外論者謂其後奉天大戰之捷實兆於此而克成其功者第八師團堅忍善守之効使然其死傷獨多者爲此故也嗚呼四海之內食毛之類一旦緩急義勇奉公著乎　先皇聖訓炳如日星其骸委荒野而魂護桑梓自生民以來莫不以爲人生之至榮撻清伐露敵王所愾忠義奮發收其全功豈不以此也歟逮於近日擧世滔滔湛溺莠言相煽以棄公徇私爲新異空談謀國動急於

弭兵自撤藩籬以爲得計此當世之所謂賢人君子者所爲也若諸君者在十數年前陳力就列不辭卒伍之卑一往許國視死如歸自當世之賢者視之其至拙者非邪雖然寧取拙死不求巧生推此心也與日月爭光頑懦可起薄俗可風噫微諸君者吾將誰與歸

耶馬溪圖卷跋 大正三年十二月

先子十灣府君受業那珂梧樓先生先生師森田節齋先生出於賴山陽先生門先子尊信賴氏尤篤其少時手鈔賴氏遺書積盈篋笥是以余勝衣就學已盡讀賴氏書若其史論書記古詩樂府多能諷誦上口矣其後涉覽百氏穿穴經藝耑力乙部粗知學術流別未免於賴氏有所擇取然家學所自於其緒論未嘗不尊重而尋繹之也歲辛亥游尾道獲披覽橋本海鶴所藏耶馬溪圖卷記乃賴先生煥赫有名之迹余幼時奉庭訓讀其遺文爛熟成誦者忽睹其眞驚喜之餘反成感愴恨不使先子及見之也賴

先生畫稱無所師承今觀此卷疏宕勁樸有沈石田李長蘅遺意書學南宮縱横排奡之力溢於楮墨皆其晚年最得意之作但其紀游之文世所稱爲絕作其實體雜題跋語多率易雖以興會自然見長比之道元子厚雕辭幽深神肖化工殆有間矣又其字句與通行刻本頗有異同蓋其初稿云顧此圖卷久噪於世而罕目睹者余既勸海鶴用玻璃板印行以廣其傳大阪博文堂主人實任其役海鶴又欲余書其後余家學所自得附名末簡固其所願不敢不敬謹執翰於是乎書

清朝書畫譜序 大正五年六月

大正乙卯八月京都大學例開夏季講演會予講清朝史通論六日每日一題其第六日爲藝術門乃通說清代書畫竊謂書畫之理直當與目謀神會其要眇非可以空言喩也因假貸諸友蒐羅卷軸册頁一百數十事以供聽講者展閱且撰目錄一通往往評識其盛衰遞嬗之故會畢或勸其照象編錄以爲記驗遂以刊印之役委博文堂主人以予素性疏懶復少暇日編錄一事時作時輟迄丙辰夏纔獲告竣顧淸代之書當帖學之末運際碑版之復興餐腴晋唐旣乏鉅公取貌集帖早開流弊草隸秀媚競遜

元明中葉以後依仿北碑雷同造象蟻慕氈裘然勢窮而通間出名賢籀篆分隷凌轢千古此其大略也至於六法之變勝朝遺逸遁跡山林每以悲懷託諸筆墨所以國初輩出哲匠婁東虞山集大成於山水南田寫生出新意於花卉康乾院體取法西洋殊格紛生動傷大雅降及嘉道稱爲叢脞其實擺落皮毛洗刷塵垢略骨氣之深穩領神味之韶鬆風氣所趨未可厚非也至其末造一流麤獷並無含蓄則無取已此編蒐羅成於旬日隨手著錄挂漏實多粗分年代以便尙論未期品藻之有當豈保簡擇之無失若能窺此一斑反其三隅綜清朝之始終悉藝術之源

委則見月忘指獲魚遺筌當在於善讀者矣

大正開氣集題詞 大正七年六月

原夫倉沮肇造書契載興籀斯刻石永傳鈔迹草隷既備鍾王稱聖庾袁而還品藻迭出綜覽歷代能者之迹燦如列星矣奎運東漸經籍逾海稚郎講誦千文爲先有若三筆媲美唐賢三蹟游絲厥啓國字尙矣千載汙而復隆觀彼丹青開自虞章象魏示誡天問畫壁雲臺麟閣煥赫功名顧陸張吳工奪造化南北分鑣形神各秀格雖有古今之異藝不區美惡之等耳聖明貢佛彙徵圖象傳神寫照早妙變相土佐楷模極妍仕女馬夏院體賸馥東山百年以來南宗勃興熸焉復熾薪盡火傳爰逮昭代休治光前

書畫之技煥如神明但知音寔鮮陽春難和稂莠紛生動亂芝蘭有博文堂主人者哀大雅之淪喪挽頽日於虞淵歷請名匠蒐羅鉅製高標逸格料簡神品鏤牙紫羅比唐朝之特健藥縫署玉印追武氏之三毋馱遍招雅客共其鑒賞復爲影照編成册頁長尾子生撰名曰大正閒氣集蓋亦翰苑之大觀墨林之勝事夫洎乎書成因題數語以志緣起

容安軒舊書四種序 大正八年十月

平安以海宇奧區爲帝王神京者千有餘年自王室式微公卿大夫皆貧不自給其文采遠不逮昔日之盛然流風餘韻猶有存者士民能樹立於文藝表見於當世者代有其人以余所及見有若香巖神田先生焉先生成家市井之間而抗志希古學無所不窺以善詩著名於時其藏書之處曰容安軒所儲多古鈔舊槧而唐鈔四種最爲驚人秘笈曰古文尚書五篇曰太史公河渠書曰世說新書豪爽篇曰王子安文一篇余嘗攷其古文尚書爲初唐人手筆王子安集爲武周時書世說新書有香巖先生校語河

渠書有先生孫邑盦校語皆定爲李唐舊笈余審其書法信然蓋明治初年王政維新世變方亟巨刹右族所藏舊書善本往往散落人間甚或厄於水火賴先生與其同社諸人夙具精鑒能收什一於千百拾已殘之墜緒以貽後生其有功於斯文豈可沒哉先生以戊午歲歸道山越明年己未嗣子孟達將以其小祥忌辰脩薦事展觀先生遺愛舊書數十種且景印唐鈔四種以頒海內外同好之士其所以成先生未終之志斯亦勉矣孟達以余與先生有舊且其子邑盦又從余游大學乃命余序其書云

舊鈔本翰苑跋 大正十一年三月

舊鈔本翰苑殘帙失卷次卷尾有後敘以新唐書及日本見在書目所錄卷數推之蓋爲卷第卅筑前男爵西高辻君信稚所藏相傳其先世菅爲長卿書顧其書法古勁紙墨芬郁不下貞觀元慶豈菅氏襲藏古本由爲長卿以傳于西高辻氏致有此說歟厤牋卷子首題翰苑卷第□張楚金撰雍公叡注次有目次正文大書體用駢儷夾注雙行稱引繁富楚金後敘言以唐顯慶五年三月十二日癸丑晝寢并州太原縣之廉平里夢與兄越石同謁孔子寤而興歎遂著是書言雖涉誕其著書之時可據以知焉按

新唐書藝文志類書類有張楚金翰苑七卷總集類重出張楚金翰苑三十卷日本見在書目雜家有翰苑卅卷張楚金撰乃知唐志類書類所出卷數誤也崇文總目（據錢侗輯釋本）類書類有張楚金撰翰苑七卷卷數同唐志類書類宋史藝文志類事類亦有雍公叡注張楚金翰苑十一卷七字與十一形近宋志或承唐志之誤而字更訛也南渡以後無復著錄者則其書佚于彼久矣其見于我邦古書所徵引者滋野貞主秘府略殘帙有三事（卷第八百六十四黍粟條各一事卷第八百六十八錦條一事）香藥抄（原無書名以所收止香部藥部假設此名不知撰人據其跋語知初抄時在永萬以前）有三事（杜若條蘪草條昌蒲條各一事）楚金事載兩唐書忠義傳中云少有志行與兄越石同舉

進士歷仕高宗武后爲酷吏周興所構配死嶺表所著翰苑三十卷外有紳誡三卷亦出新唐志雜家類今亦不傳雍公叡仕履無可考然秘府略成于天長八年而所引翰苑各條皆有注則其人在太和以前可知矣其書體制甚近于吳淑事類賦但其時先於淑則淑實仿楚金等書爲之而其典實竟不及也書經傳寫訛奪滿紙往往至不可句其兩越條末至西域條首失去若干行故中間西羌條全闕無一字然已爲天壤間孤本其所援引司馬彪續漢書王琰宋春秋漢名臣奏魚豢魏略高驪記崔鴻十六國春秋梁元帝職貢圖隋東藩風俗記魏王泰括地志東夷

記肅愼國記陸劂鄴中記諸書皆千年已佚之舊帙賴有此書獲摭拾殘簡以備篤古者之輯錄其已有輯本者亦今之所出非必皆昔之所經錄今世通行之書如前後漢書魏志應劭風俗通亦頗有異文佚章可資考鏡今略舉數條於左

鮮卑條引王琰宋春秋著錄於隋書經籍志古史類新唐書藝文志編年類章宗源隋志考證引初學記太平御覽三事並無鮮卑事又引漢名臣奏著錄於隋志刑法類總集類新舊唐志刑法類（隋刑法類作漢名臣奏事唐志又作陳壽漢名臣奏事）章氏考證所引史記集解漢書注後漢書注文選注武后臣軌初學記藝

文類聚太平御覽諸書十數事並無鮮卑事又引應劭風俗通今本亦無鮮卑事

夫餘條引後漢書北夷槖離國不作索離槖離（後漢書作索離魏志注引魏略作槖離）與太平御覽合以六畜名官中有猪加今本所無又引魚豢魏略東接挹婁下有卽肅愼國者也六字蓋雍公叡注此書時所加未必魏略舊文

高麗條引魏略擧五部異名與後漢書東夷傳注及新唐書合而以五色配部名則加詳內部姓高雖爲王宗列在東部之下古書記高麗舊俗者所未道及尤爲有益考徵今西助敎授疑其出於高麗記若括地志決非魏略舊語

參之後漢書注信然大抵夫餘三韓高麗百濟肅愼倭國各條所引魏略文皆與今魏志相出入可知陳壽作書時多襲魚豢舊文而其閒有異同之處每每可資以訂譌又引漢書地理志樂浪郡屬諸縣有夭祖今本作夫租那珂白鳥箭內三博士嘗考證漢志疑其誤寫讀此書方知三君之精審長岑（原脫岑字今以意補）駟望下有封箕子縣也五字今漢志無之引高麗記（又作高驪記）日本見在書目土地家有高麗國記四卷殆卽此書其記建官九等實隋書新舊唐書所本然皆觕略至其國語官名舊書一無所舉新書粗舉一二便有訛謬未如此書翔實可以考高麗古言其記南蘇城

云在新城（訛作雜城今據新舊唐書高麗傳及遼東行部志訂正）北七十里山上王寂遼東行部志引韓頴瀋州記以爲新城卽瀋州按卽今奉天也迤北七十里當在懿路范河左右漢志南蘇水亦當以懿路河若范河擬之蓋鉅燕作長城自造陽達襄平秦漢邊塞率由舊規故南蘇水之經塞外距襄平不甚遠也箭內博士嘗考南蘇爲今山城子與高麗記不合其以不耐城爲今名國內城本漢不而縣與下引十六國春秋爲丸都卽不耐城皆可備一說其記故城南門有碑後漢耿夔所建亦屬異聞又記馬多山焉骨山銀山三事皆古書所無記馬訾水乃通典所本又引南齊書東夷傳記銀山可補今

本闕文又記其俗拜曳一脚亦今本所闕然其法俗與隋書高麗傳合又引後漢書有馬甚小亦今本所無通典云其馬皆小或本此也又引梁元帝職貢圖著錄於舊唐志地理類張彥遠歷代名畫記言乃梁元帝畫外國酋渠諸蕃士俗本末仍各圖其來貢者之狀章氏隋志考證補錄是書引藝文類聚二事

新羅條引括地志云按新羅有國在晉宋之間以倭王弥（宋書作珍）通宋時所自稱爲證可謂精確引南齊書下有雍公叡按語云今訊新羅耆老云加羅任那昔爲新羅所滅其故今並在國南七八百里此新羅有辰韓卞辰廿四國及

任那加羅慕韓之地也得之當時親所睹聞故鑿鑿有據如此引隨東藩風俗記今隋志止有諸蕃風俗記然通典邊防門所記實本于此其注亦明引隋東蕃風俗記則當時此書自別行也

百濟條引東夷記隋唐志並不著錄引括地志多與北史合然其記國都至五方各城里數記國中名山大川亦北史所不及也

肅愼條引魏略肅愼國記陸翽鄴中記山海經綜而合之頗與晉書肅愼傳近然所引魏略文又略同太平御覽所引肅愼國記文中肅愼西接冠漫行國亦惟晉書有其語

（晋書作寇漫汗國）晋書裨離等十國傳又有寇莫汗國遠在肅愼西北蓋皆本于肅愼記則此條所引魏略殆肅愼記之訛肅愼記隋唐志皆不著錄鄞中記今有乾隆四庫館臣輯本續百川學海本而並無此所引事惟晋書通典所記近之倭國條引後漢書安帝永初元年有倭面上國王師升至與藤兼良日本紀纂疏引東漢書合引魏略女王之南又有狗奴國與太平御覽引魏志合可證後漢書以拘奴國爲在女王國海東之非雍氏按語云其王姓阿每其國號阿輩雞彌（脫其國之其及彌字今補訂）華言天兒也與通典合又云王長子號和哥彌多弗利華言太子隋書北史並作利歌彌多弗

利藤貞幹好古日錄云嘗見古本北史利作和西土印刻誤耳古本北史未聞有其書貞幹所言未可輕信但改利作和實有所見蓋以其精通邦典能以臆正傳本之誤也引括地志官有十二等一曰麻卑兜吉寐華言大德日本紀聖德太子所定冠位十二階無邦讀可徵因此佚篇獲知當日設官實有邦名非徒仿西制和田博士英松已有考說載于史學雜誌矣

此書佳處多不勝舉姑據見聞所及參互鉤稽以見其所以宜寶重而未可摘其小疵以橫加詆呵云

後閱僧覺明三教指歸注亦引翰苑又我大學圖書

館及久原文庫藏香字鈔藥字鈔乃香藥鈔異本其引翰苑前所擧外尚有數條癸亥七月附注

聖武天皇宸翰雜集跋 大正十年十月

南都正倉院尊藏　聖武天皇宸翰一大卷卽東大寺獻物帳所載平城宮御宇　後太上天皇御書雜集一卷是也其書就六朝隋唐人集中刺取義關釋教者一百餘首猶弘明集廣弘明集等例卷首斷爛故篇首有歸去來句者二首不知何人作其餘王居士詩卅八首隋大業主詩卅二首眞觀法師頌一首詩五首讚二首奉請文一首釋靈實讚十三首祭文二首雜文十五首周趙王碑文一首雜文一首序五首釋僧亮觀行內雜詩九首銘一首詩十七首卷尾有天平三年九月八日寫了　御款紙用白麻

每行十八字正書出右軍樂毅論用筆秀勁如綿裹鍼所錄文筆皆屬佚篇可以補苴馮惟訥詩紀嘉慶勅編全唐文嚴可均全宋全後周全隋文今謹考其作者事實可知者如左

王居士　集中載其涅槃詩廿五首奉讚淨土十六觀詩十三首按周隋間有二王居士其一爲王明廣據廣弘明集周武廢佛道二教靜帝大象元年二月廿七日有鄴城故趙武帝白馬寺佛圖澄孫弟子前僧王明廣上書答衞元嵩上破佛法事其一爲王公字孝寬世傳其塼塔銘以唐顯慶元年卒年七十三則其壯時實在隋世集中別載

眞觀法師奉王居士請題九想卽事依經總爲一首所云王居士儻與此同一人則眞觀之寂在隋大業七年上去大象元年卌二年而下去顯慶元年四十五年並可得時代相及集中所載二王居士其果爲明廣爲公或別爲一人疑未能明也

隋大業主　卽煬帝令集中所載皆淨土詩按隋書經籍志著錄煬帝集五十五卷舊唐書經籍志作卌卷新唐書藝文志作五十卷日本見在書目作廿八卷今不傳張溥百三名家集所輯無卷數嚴氏全隋文輯錄文四卷馮氏詩紀輯錄詩卌六首附錄十數首與張刻本互有出入其

四十二

詩關釋教者皆采諸廣弘明集而無淨土詩夫隋煬爲君雖以荒淫喪國而其在藩時聰明夙成深信像教問道天台智者自謂毘曇成聖黎耶悟眞未必皆出于矯情飾貌此所錄卌二首命意矜莊詞無浮蕩足見其欣求之誠不但補篇章之遺矣

眞觀法師　出南山道宣續高僧傳字聖達吳郡錢唐人俗姓范氏陳時住泉亭光顯寺入隋住靈隱天竺寺大業七年卒觀聲辯之雄才學之富躬具八能遇勞三勅名震江表化施東夏所著諸導文廿餘卷詩賦碑集卌餘卷隋唐志及日本見在書目並不著錄嚴氏全隋文錄文五首

皆剌取廣弘明集續高僧傳則此集所載雖寥々九首亦足備釋氏文苑之佚篇

釋靈實　南山所續通慧所進並無靈實傳據集中所載爲人代作諸文知其爲唐開元中人日本見在書目雜史家有釋靈實撰帝王年代曆十卷別集家有釋靈實集十卷新舊唐志皆不著錄全唐文亦無其名而集中所載至卌首之多捉刀之作尤富篇什辭筆之能當推高手其獨孤公畫讚豫且畫讚祭禹文二首皆不關釋教於集中爲異例其人與書沈薶一千二百年之久而賴　聖主宸翰以存於金匱石室雖不過千百之什一抑非作者至幸歟

題曰鏡中釋靈實集按越州山陰有鏡湖任昉異記軒轅氏鑄鏡湖邊或云黃帝獲寶鏡于此又云本王羲之語山陰路上行如在鏡中遊故越州別名鏡中集中爲崔別駕祭禹文展驥足於千里來遊鏡中是也

周趙王　名招字豆盧突文帝子周書北史並有傳博涉群書好屬文學庾信體詞多輕豔武成初封趙國公建德三年進爵爲王大象二年隋文帝將遷周鼎招密圖之文帝昭以謀反見害有文集十卷行於世然隋志著錄止八卷日本見在書目有後周趙王集十卷乃同本傳新唐志則有後周趙平王集十卷按本傳作趙僭王而無平王唐

志誤也招每與庾信王褒等唱和今本庾子山集載趙國公集序極稱其才謂發言爲論下筆成章逸態橫生新情振起風雨爭飛魚龍各變論其壯也鵬起半天語其細也鷦巢蚉睫又有和趙王詩十五首謝趙王啓十二首趙國公夫人紇豆陵氏墓誌銘乃係招配可見其交態之密馮氏北周詩紀亦載王褒和趙王詩二首然招詩載北周詩紀者止從軍行一首采自文苑英華文則全佚今集中所載道會寺碑文平常貴勝唱禮文皆陳義玄深雕辭靡麗撫簡栖之頭陁媿僧孺之懺悔其餘諸序亦皆雋妙中州詞林之風流代北貴種之文采惟滕聞王庾集序與此諸

篇庶乎可以盡其大概矣
釋僧亮　出梁慧皎高僧傳少以戒行著名取湘州界銅溪伍子胥廟中銅器還郡鑄像旣成燄光未備宋文帝爲造金薄圓光安置彭城寺梁武帝勅靈味寺釋寶亮撰大涅槃經集解所引多僧亮疏其書久佚近年中野達慧輯續藏時借得南都西大寺古寫足本排印編錄集中所載廿七首與此全不相涉皆天地間已佚而僅存之篇可寶重已

大唐三藏玄奘法師表啓跋 明治四十三年六月

古鈔大唐三藏玄奘法師表啓零卷今藏在洛東知恩院乃徹定上人舊物也所收表全者八首不全者一首啓四首並間有太宗高宗批答另有太宗與長命婆羅門書一首疑係竄入編摩體製獨於不空表制集爲近取以校大慈恩寺三藏法師傳異文殊多又有傳所闕而此獨存者數首其進表之日以長曆推之亦皆與傳所記甲子不合富岡君撝錄有校語按三藏傳慧立創藁止五卷今本十卷乃垂拱年間彥悰所續箋述悰序已言慧立藁本流離分散累載搜購僅乃獲全傳中有注曰表文失則其未注

而佚者豈保必無凡此零卷所錄蓋皆在彥悰續箋以前也夫載毫身毒題雲創闢荒塗證義佉盧什諦未暢幽旨光前絕後其惟奘師乎悉遐圻之風土究殊俗之方言刱復運屬會昌明良遭遇天闕日星寵奎章之煥彬叢林龍象操鉛槧而潤色是以新翻之經西域之記緝實鎔辭極其宏富若能摭麗藻於逸篇補前脩之缺簡雖片紙斷縑比如拱璧矣卷首數首行間施以國訓乃知寫此書時已有國字紙背有天平神護元年僧興顯寫華嚴八會剛目章則晚於寫此書時矣頃諸友胥謀以玻璃版印行此書因敘其緣起如此

上野氏藏唐鈔王勃集殘卷跋 明治四十三年八月

浪華上野有竹君藏唐鈔文集一卷卷首題墓誌下卷尾題集卷第廿八所收墓誌三首曰達奚員外墓誌曰歸仁縣主墓誌曰賀拔氏墓誌而陸（此下蠹蝕似錄事二字）墓誌有目無文審視紙縫似爲人截去者其書法近北朝人仿佛有敬顯儁碑杜文雅造象遺意凡寫華字皆缺末筆乃避則天祖諱而后制字一無所用可斷其鈔成於垂拱永昌間矣此書撰人從未有考者嘗觀平安神田香巖君藏唐鈔過淮陰謁漢祖廟祭文奉命作一首首云維大唐上元二年歲次乙亥八月壬申朔十六日丁巳交州交阯縣令等謹以

清酌之奠敬祭漢高皇帝之靈其體式書法全與此墓誌同其紙縫有興福傳法印紙背寫大乘戒作法亦並同戒法凡八百年前我邦僧徒所寫據新舊唐書文苑傳王勃爲虢州參軍時殺官奴曹達事覺除名勃父福時由雍州司功參軍坐勃故左遷交阯令上元二年勃往省父度海溺水而卒年二十八是知祭漢祖文勃代其父而作余因終定此墓誌爲勃集殘卷按新舊唐志及文苑傳並有王勃集三十卷日本現在書目亦同楊烱集序宋晁公武郡齋讀書志則作廿卷集已久佚今本一十六卷大都搜輯自文苑英華諸書近時吳縣蔣氏注本又輯補詩文若干首從楊序卷數分爲

廿卷雖較稱完善而遺佚寔多我南都正倉院秘庫藏慶雲四年（即唐景龍元年）寫勃文一卷三十首其十三首宜都楊氏已輯錄於日本訪書志中皆今本所無今復獲此四首其鈔寫時先於秘庫本二十餘年距勃死不過十年勃文之存者莫此爲舊聞我舊刊又有勃撰釋迦如來成道記道誠註近藏經書院活字覆印皆可以補蔣本之闕矣至其卷數已有第廿八卷則全帙之爲卅卷無復可疑固知楊序爲字譌也此書舊藏灘吉田氏卷首十一行已影刻於聆濤閣帖中（近楊星吾覆刻入留眞譜）經藉訪古志稱尾張眞福寺藏有舊鈔詩集殘本一卷傳爲翰林學士集終以此書亦爲其殘本

妄矣（眞福寺本乃許敬宗編唐初君臣唱和詩當屬總集此本乃別集類豈宜混爲一但因其卷尾題集卷第二詩一體式與此本相似所以致誤訪古志又以眞福寺本爲已佚陳衡山傅懋元皆襲其誤今其書現存眞福寺首尾完好並無缺逸此亦訪古志之妄傳也）

墓誌三首多可與史互證者達奚員外墓誌祖武父震周書北史並有傳墓誌逸震名而二人官銜皆與史合曾祖長墓誌亦逸名而具書其官銜則亦史之所略員外事史失載僅據此墓誌知北方右族之有後耳歸仁縣主墓誌父前齊大王乃元吉爲太宗所殺者史稱其五子皆坐誅縣主蓋以女子故獨得存恤墓誌所謂雖三王絕淮國之封而（原此下衍立字）五女厚梁園之邑是也誌云縣主出降天水姜氏卽長道公第二子參之新舊唐書姜謩傳謩封長道縣

公子確字行本以字顯征高昌有功今巴里坤紀功碑乃其所刊高麗之役從至蓋牟城中流矢卒陪葬昭陵豈縣主所降嫁歟但據史李勣拔蓋牟在貞觀十九年四月（册府元龜貞觀十八年十一月征高麗各行軍摠管中有右屯衞將軍金城縣公姜德本乃行本誤是月又有遣行軍摠管姜行本少府少監丘行淹先督工匠造梯衝於安羅山事可知行本從征實在十九年）行本之死宜於此時而墓誌云貞觀廿一祀丁其憂是其不合處史稱謩秦州上邽人卽晉隋天水郡地姜遐斷碑亦云代爲天水着姓遐乃行本子史所云柔遠（亦以字行也）以美姿容善敷奏事則天爲內供奉者又史不云行本有兄惟遐碑有伯父太子僕葉九來金石錄補因疑以謩尚有子而史遺之墓誌以行本爲謩第二子適與碑合

可證史文之不備楊星吾考遐從父兄葬昭陵非與妻合葬證以許洛仁陪葬昭陵其妻宋氏墓誌乃葬於長安龍首原今縣主窆於少陵之原乃萬年縣地不與行本同陪葬醴泉足加一證墓誌有子洛州參軍㝅斷碑亦有遐權考洛州及諸縣官屬事然碑既云奉制授東宮通事舍人時春闈肇建妙選寮寀是言立英王哲爲太子事其時勃死已五年而遐之權考洛州官屬又在此後十餘年且據碑云遐卒於天授二年春秋五十二遐享年據金石錄補他本止有十二字十上缺字以行本卒年推之終以葉說爲長其生應在貞觀十五年先縣主降嫁三年可知遐非縣主所生而㝅名史亦不載是足備史之闕文賀拔氏

墓誌祖某使持節涇州諸軍事涇州刺史按魏書周書並載賀拔岳授都督涇北豳二夏四州諸軍事涇州刺史事似卽此其餘皆與史不合三首文辭靡豔使事贍博唐初體格本自如此夫勃文之奧僻自張說一行既不能盡得其出典惟蔣敬臣注其集以十年之力三易其藳字櫛句梳精深無比今龍門墜簡出者滋多安得復有淹雅篤嗜如敬臣者以續其注憾非吾力所及也已篇中別字多不勝舉亦類北碑衍譌舛奪洵復匪尠予別有考文今不遑錄云

上野君將印行此本使余書其後以校語稿成以示神田

香巖君君慨然出其所藏祭文一首見許與墓誌同印嗚呼捨己以成人美其義猶近於古矣

富岡氏藏唐鈔王勃集殘卷跋大正十年十二月

今世流傳王勃集莫備於清蔣敬臣集注本乃光緒癸未刻于其家明治癸卯敬臣子伯斧來游我邦時齎以贈余其書蒐羅已力箋疏竟精洵稱子安功臣然其分卷二十見誤於文苑英華所收楊烱序又釋迦如來成道記一首已知有宋道誠注而未及獲之信乎校書之難也南都正倉院尊藏慶雲四年鈔本題曰詩序者一卷明治初有官板石本二種清楊星吾得之知其爲王勃集殘卷收其佚文十三首於日本訪書志中但星吾所見石本殘缺實非正倉院詩序足本既余又覩大阪上野氏所藏古鈔文集

一卷及平安神田氏所藏古鈔祭漢高祖文一首知其係勃集殘帙明治庚戌上野有竹君以其本同一帙合兩本付之玻瓈板余爲跋之具論其爲勃集最舊之帙會余游燕山舉以贈伯斧及彼地諸碩學已歸又得續藏本道誠注成道記再寄伯斧伯斧驚喜以爲先子一生所不能覩今皆獲睹矣未幾伯斧捐館於辛亥年而羅叔言參事避地平安歲戊午借足本石印正倉院詩序於神田鬯盦錄其廿首合上野氏玻瓈印本所收四首以仿宋活字印行付以校記子安佚篇於是滋布於世矣是歲亡友富岡桃華亦得子安集殘本二卷與上野神田二氏本同出一帙

並有興福傳法印蓋東京赤星某君盡售其家藏書畫目中有題橘逸勢集者一卷桃華檢其影照樣本已識其爲舊鈔子安集慨然謂余曰希世瓌寶余必獲之矣遂以重價購之有意景印以餉同好未果翌年忽歸道山歲己未叔言移家津沽舉其鬻東山寄廬所獲金捐諸京都大學請盡景印我邦所存唐鈔本屬狩野子溫博士與余督其事因請桃華尊甫鐵齋先生先以子安集殘卷付玻瓈精印按其書原二卷合裝爲一卷乃卷第廿九第卅也第廿九卷首有目行狀一首祭文五首行狀乃書張某事佚名字中有武德三年奉使隰州道行軍司馬大總管劉師善

自稱西漢上將軍與隰州總管燕詢等謀爲叛逆某處其間運籌制變元凶折首事舊唐書通鑑皆不載惟新唐書高祖本紀云武德三年二月辛酉檢校隰州總管劉師善謀反伏誅所謂事增於前是可見其一端矣又有王充以瀍洛未清弄蚩尤之甲胄句王充卽王世充避太宗諱猶隋書王世充傳作王充也祭石隄山神文祭石隄女郎神文並代虢州長史王嶷禱雨者水經注柏谷水出弘農縣南石隄山山下有石隄祠魏甘露四年建太平寰宇記山在弘農縣西南十七里西連華山曹學佺大明名勝志引九州要記同此大清一統志山在河南陝州靈寶縣西南

六十里女郎山大明名勝志在靈寶縣南五十里靈泉出焉唐李德裕有靈泉賦大清一統志山在縣南一百餘里勃廿六七歲爲虢州參軍二篇蓋作于此時祭白鹿山神文代九隴縣令柳明獻作九隴縣貞觀以後垂拱以前屬益州即清成都府彭縣地白鹿山在縣西北大明名勝志引周地圖記云宋元嘉九年有樵人于山左見群鹿引弓將射之有一麏所趣險絕進入石穴行數十步豁然平博邑屋連接阡陌周通問是何所有人答曰小成都後更往尋之不知所在是也蔣注本益州夫子廟碑云九隴縣令柳公諱明字太易河東人也今此文作柳明獻未知孰是

五十二

正倉院本夏日仙居觀宴序云咸亨二年龍集丹紀兎躔朱陸時屬陸冗潤褰恒雨九隴縣令河東柳易式稽彝典應禱名山爰昇白鹿之峯佇降玄虬之液楊法師以烟霞勝集諧遠契於詞場下官以書札小能叙高情於祭牘蓋謂代作此祭文序中有舞闋歌終雲飛雨驟雖惠化旁流信無慙於響應而淺才幽讃亦有助於明祇等語知其禱祭果有靈應故設宴仙居觀也勃時年廿三爲虔州諸官祭故長史文虔州卽清江西贛州府知此祭文與滕王閣序並爲上元二年勃廿七歲時作敬臣據唐摭言以滕王閣序爲十四歲時作誤矣說在正倉院本跋語中爲霍王祭徐王文霍

王元軌高祖第十四子徐王元禮高祖第十子新舊唐書並有傳元禮薨於咸亨三年乃勃廿四歲時作祭漢高祖文有錄無文蓋神田氏本舊在此卷中也其考文已具上野氏玻瓈板本第卅卷失目所收皆非子安文乃其死後友朋族人存問勮助等兄弟者輯以殿集也其一君沒後彭執古血獻忠與諸弟書書中所云王六賢弟未詳其爲助爲劼其二族翁承烈書一首乃勃適交州省父日路經楊府承烈與勃書竟未達及其沒後兄勮於翁處求之承烈與勮書二首一敘久濶一論送與勃舊書事其三承烈致祭文其四承烈領勃所著易乾坤注謝助書卷尾署集

五十二

卷第卅可知子安集實卅卷楊烱序作廿卷字訛也此書一出子安佚文復增六篇叔言或將續印以廣其傳噫伯斧亡矣余與叔言先後摭拾遺佚以纘敬臣之緒亦可謂一重翰墨因緣而子安文在天壤間者其亦盡於此矣

正倉院本王勃集殘卷跋 大正八年十一月

舊鈔五采牋行書王勃集殘卷今尊藏南都正倉院天地日月星載人國等文用則天製字尾云慶雲四年七月廿六日用紙貳拾玖張卽唐中宗景龍元年在見存勃集其寫錄之舊可亞於上野神田富岡三氏本東大寺獻物帳不著錄未知何時施入所收序引類四十一首其廿首實係今本所佚春日序秋日送沈大虞三入洛詩序秋日送王贊府兄弟赴任別序夏日喜沈大虞三等重相遇序冬日送閭丘序秋晚什邡西池宴餞九隴柳明府序江浦觀魚宴序與邵鹿官宴序夏日仙居觀宴序張八宅別序九月九日採石館宴序衞大宅宴序樂五席宴羣公序楊五席宴序登綿州西北樓走筆詩序至眞觀夜宴序秋日登冶城北樓望白下序冬日送儲三宴序初春於權大宅宴序春日送呂三儲學士序以上廿首今本所存廿一首亦文多異同明治十三年印刷局有石印本十七年博

物局亦石印之印刷局本首尾完具而博物局本頗有闕葉清楊星吾舍人守敬嘗據博物局本錄佚篇十三首於日本訪書志中迄于近年羅叔言參事亦據印刷局本全錄今本所無廿首合上野神田二氏本以爲王子安佚文其今本所有廿一首則作校記以附錄其後用仿宋活字印行於是正倉院本滋布于世矣但叔言校錄竟多訛奪不似平生之精審未足賴以永其傳予將欲盡合諸本及道誠注釋迦成道記校勘寫定以賡蔣刻恨志長暇乏未遑下手爾

集中三月上巳祓禊序非勃作蔣敬臣引宋施宿等撰嘉

泰會稽志證其沿譌已久今此舊鈔距勃死時僅三十餘年而已有此篇可知其竄入實自唐初無論宋時已又宋葉大慶攷古質疑或謂滕王閣序時當九月序屬三秋爲病大慶因以九月爲九日之譌然此舊鈔亦作九月則大慶之說未足信也

滕王閣序家君作宰蔣敬臣注曰王定保唐摭言載勃著序時年十四蓋福時先爲六合縣令也辛文房唐才子傳乃謂福時坐勃事左遷交趾令勃往省親途過南昌所作此由辛氏見新唐書本傳二事連叙遂有此謬實則唐書有初字界之原不相蒙也然唐書先叙勃往省父度海溺

水而卒次云初道出鍾陵乃謂省父往路所由非指十五年前事以爲初按其辭可知且序中又有無路請纓等終軍之妙日（刻本妙日作弱冠）及奉晨昏於萬里等語參之江寧縣白下驛吳少府見餞序想衣冠於舊國便値三秋及五嶺方踰交州在於天際等語知係一時連作蓋勃以上元二載八月十六日祭漢祖於淮陰尋經江寧以九月九日抵南昌再出越中踰嶺而由廣州航海滕王閣序吳少府見餞序與秋日楚州郝司戶宅遇餞霍使君序（刻本霍作崔）越州永興李明府宅送蕭三還齊州序秋日宴山庭序聲鑑圖銘序（蔣刻本采由全唐文）並皆作于是歳秋冬之際旅次也楊烱序勃集亦

云父福時歷任太常博士雍州司功交阯六合二縣令爲齊州長史其敘仕履豈可故顚倒先後且唐制太常博士從七品上官雍州司功參軍正七品下官而六合唐初爲上縣其令乃從六品官不得由六合令升遷太常博士雍州司功交阯則中下縣其令爲從七品上官其升遷六合令於事爲順知福時之令六合宜在交阯之後亦不宜在勃十四歲時也是敬臣偶爾失檢因爲舉正如此

杜家立成雜書要略跋 大正十一年八月

東大寺獻物帳載頭陀寺碑文幷杜家立成一卷　皇太后御書乃　聖武皇后藤原光明子也今南都正倉院尊藏御物多獻物帳之舊而頭陀寺碑文已佚獨存杜家立成雜書要略一卷其書爲應酬書牘軌範而作蓋六朝隋唐間士大夫故重禮法書問往來皆有軌儀隋書經籍志儀注類有謝元內外書儀四卷（唐志有謝允書儀二卷未知與此書同異）蔡超書儀二卷謝朏書筆儀廿一卷（唐志作廿卷）王儉弔答儀十卷（唐書作弔答書儀）王弘書儀十卷王儉吉書儀二卷（唐志作吉儀）周捨書儀疏一卷梁修端文儀二卷唐瑾書儀十卷婦人書儀八卷（唐志亦以爲唐瑾撰）

釋曇瑗僧家書儀五卷唐書藝文志儀注類有皇室書儀七卷鮑衡卿皇室書儀十三卷（舊唐志作鮑行卿隋志作鮑行卿皇室儀）裴矩虞世南大唐書儀十卷裴莅書儀三卷（原注朱儔注莅元和太常少卿）鄭餘慶鄭氏書儀二卷裴度書儀二卷杜有晉書儀二卷。裴莅鄭杜之書載于崇文總目則北宋時猶存也崇文總目又有劉岳新定書儀二卷（五代梁唐間人新舊五代史有傳四庫總月提要以杜有晉劉岳並爲宋人謬矣）今皆佚而宋時之作司馬氏書儀獨傳于世日本國見在書目儀注家有大唐書儀十卷又十五卷文儀注十卷許敬宗月儀四卷十二月儀七卷趙燈新修書儀五卷隋李德林九族書儀一卷鮑昭書儀一卷謝朏書筆儀廿卷（即隋唐志所載）今亦盡佚然眞賞齋鬱岡齋諸帖載晋索靖書月儀章殘本董廣川以爲唐人臨寫及唐無名書月儀注云十二月朋友相聞書蓋並出于元祐續閣帖按許敬宗等書亦應與此同類而以此視杜家立成體制實相似可知此書雖未經前人著錄而其於流別宜入書儀其冠以姓氏家名者有若鄭氏書儀隋志儀注之書又有徐爰家儀趙李家儀太平御覽所引有盧公家範此書冠以杜家其爲唐志所云杜有晋書儀與否亦無從決焉　光明皇后御書筆力雄强氣體茂密與正倉院尊藏樂毅論同一書法有積善藤家印記夫六朝隋唐書儀除集帖所收外傳世止有此書可以徵當時書疏之體則其爲可貴不

僅以　壺閫形管之美故矣

昔錢辛楣宮詹年五十七得風痺之疾自謂必不起乃手編年譜一卷此時宮詹已成廿二史考異金石文跋尾諸書名山之業可期必傳猶且在病中執鉛槧矻矻於家牒自叙之篇雖近盱衡自伐其恐沒世無聞者意亦可悲矣予去年亦五十

七偶患黄疸彌留経歳顧念自愧
列著作之林幾乎廿年平生嘔心
研幾所得未有一帙成藁天不
假年泯焉即世將与草木同朽
乃於受鳥潟醫博手術之前一
日遽理舊稿録廿餘首編定序
目付屬鬯盦神田君意謂一旦淹
忽身名俱滅此廿餘首猶存天壤

間知我罪我當侯其人何韋醫博神技肉我枯骨鵠面復腴日見起色因取所理藁付諸手民以須交友盖宮詹病愈再在世廿年著書滿家鬱為清代史學第一人予何人斯雖不敢企宮詹萬一比其保首領入地儻或得成一二篇什可以傳于世者此生誠為不

虚則此鬼園小冊用覆醬瓿亦何足
惜乎、刊印已成書此爲跋
癸亥秋日内藤虎

寶左盦文刊誤

序第一葉右第四行　惡宜作悳
第六葉左第七行　僞本之僞宜作譌
第九葉左第一行註　歆會之歆宜作韵
第十五葉右第二行　釗宜作劍
第十八葉右第八行　轍宜作輒
第十九葉左第七行　輙宜作輒
第二十四葉右第二行　候宜作侯
同　右第九行　輙宜作輒
同　左第七行　壽下宜加言字
第二十七葉右第五行　釗宜作劍
第四十四葉大唐三藏玄奘法師表啓跋中所有玄字皆宜作玄
第四十七葉右第七行　着宜作著
第五十七葉左第一行　壺宜作壼

附内藤氏贈書啓

追而全快記念トシテ拙著寶左盦文壹冊寶左盦十二長物端書壹組印刷致候間御左右ニ奉呈候御莞留被下候ハヾ本懐不過之候

拝啓小生事去年九月膽石病ニ罹リ候以來長々臥蓐中ハ毎度御念ニ掛ケラレ御見舞ヲ辱ウシ御芳志不堪感佩候今春三月京都帝國大學附屬醫院ニ於テ手術ヲ受候以後御蔭ヲ以テ漸次回復ニ向ヒ目下已ニ全快致シ前々通リ學職ニ勤務罷在候間何卒御休神可被下乍延引右御禮申上度如斯ニ御座候

敬具

大正十二年十二月

內藤虎次郎

致候間御左右ニ奉呈候御莞留被下

候ハヾ本懷不過之候

航歐集

航歐集

艤槎圖

甲子夏奉命將赴歐洲次豹軒博士見送詩韵留別諸友

不願神仙臥白雲平生樸學愧方聞爭傳鹽澤壚中牘快睹沙州石室文三保星槎通貢刹八觀輪迹慨瓜分歸來四庫重編日欲把黄金鑄竹君

豹軒博士疊韵見示再賡其韵

征驅直破海天雲日没犂鞬槖所聞縞紵曾欽僑札誼源流要討向歆文北望華蓋星

躔粲西極崑崙河水分覡國元知非我事期懷鉛槧報　明君

三疊韻　同舟有某某兩夫人皆訪其外君赴歐洲也

泛槎排去萬重雲石得支機自昔聞記取仙歌和鳳管製來宮錦是回文六龍騰躍曦車發篤九野徼茫暴局分偶度天河隨織女定看星夕會郎君

四疊韻　寄佐原君篤介

九埏幾度動風雲功比前賢竟未聞沙漠宣

感思漢武江湖後樂仰希文新陳匆卒人林謝
南北依然天塹分行到東洋〻盡處回頭滬上
忽懷君

五疊韵　寄無憂園主人在爪哇

身似騎鯨排水雲此游奇絕自希聞久恥繡
虎雕龍技難作經天緯地文日月東西從浪浴
斗箕南北擧眸分舵樓一曲浩歌意寂寞
人間欲語君

六疊韵　舟過印度洋

自挂片帆辭彩雲蓬壺西去廣新聞已諳
鳥跡多奇字欲寫驢脣校異文夢度五天
飛錫遍道窮三世列眉分九流方際溝通
會堪悔卌年宗鄭君
七疊韻　埃及
要起九泉揚子雲輶軒譯語資多聞名
山遺帙留圖象出土方塼有鐫文古墓奇觚
千砌累長渠如綫兩洲分歷山墳籍渾星
散柱下誰當訪老君

八疊韵維納聞樂

淚墮南朝汪水雲希音清切不堪聞家丘空剩鈞天樂禮廢誰存孝文文上苑煙霞秋後淡美泉草木眼中分繁華東國渾為夢白髮宮奴說故君

九疊韵又

雄圖百載已浮雲猶有工師誦所聞河嶽毓靈思淑業聖神垂統久徒文女皇粧閣壓埃沉聲伎歌臺金碧分城裏萬家

煙火底幾人攬涕歎無君

十疊韵　巴黎

西歐佳氣蔚如雲侈麗城池愜素聞涼殿
紫霞飛綺彩內家銀燭動星文一時奎
運明良會末路蛾眉身首分士女聯翩趨
鞠部合無曲裏憶先君

十一疊韵　又

復讐九世會風雲覇國餘威耳稔聞馬迹
印時無野艸刑書鑄就有鴻文吳鉤三尺倚

天起魏闕千秋勒石兮仰視英雄藏魄處
穹窿傑閣認那君

十二疊韻　華使陳君任先招醼坐間賦贈

不看飛雁度寒雲車響殷轔午夜聞旅食
天涯悲伏櫪應酬海外喜同文青牛西化談
難測紫氣東來道欲兮他日相期振木鐸當
將草檄屬夫君

十三疊韻　羅馬

七郎匼匝拱晴雲誕聖感生傳舊聞石刻

堂皇秦政業法経燬赫李悝文沙封畫閣晨煙合日照殘楹暮色分秖有香燈長不滅空王琳闌壁邦君

十四疊韻　彭皐

渠門直上靉香雲刼後狭斜留異聞石道轍磨時欲凹花塼雨洗復成文頹樓髣髴笙歌響壊壁依稀粉臛分追想金鞍連騎到當壚可少阜文君

十五疊韻歸舟寄伯希和翰林

廿年望盡太秦雲巖壁訪書眞駿閣東
被藏乘十二部西昇道德五千文崑崙偏
藉張騫定上索渾須楚之史分學術如今泯
畛域大師中外獨推君
右航歐十五律丙寅九月內藤虎手錄

奉送湖南前輩蒙命西航　鈴木虎雄

乘槎滄海指西雲儒雅風流世所聞白首兼優才學識青衿穿貫史經文星光已向天邊動紫氣先從關外分不比延陵觀上國宣播東敎正由君

再疊呈湖南先生　同人

蒼茫半歲隔龍雲亦識鴻音別後聞絕域輶軒仍察俗流沙墜簡定論文天連印緬炎瘴合地入法英秋霧分客土風光須自愛歸來重奉　聖明君

奉和湖南先生舟中三疊韵見寄作　同人

舩波櫛櫛學銀雲彷彿月明環佩聞郢客漫矜巫女夢陳

王枉詠洛神文盈盈一水看還渡脈脈雙情隔不分却惜孤飛金孔雀鷁舟同載令郎君

送內藤湖南博士游歐洲和豹軒詞兄韻　狩野直喜

兩京冠蓋士如雲可莫相逢討國聞欲溯流沙尋墜簡卽從石室校遺文唯言學術無畛域寧識東西有派分吾亦曾游縈夢寐薛延河上更思君（法國學士院在巴黎薛延河上彼地學士以時聚會論學術之處）

再和豹軒兄韻送湖南博士　同人

目送飛鴻入暮雲驪歌一曲豈堪聞人間未學山林客海外欲探金石文北極星低煙水遠南溟風急布帆分奇書萬卷須搜取不獨魯論存鄭君

大正甲子初夏鳳岡祭酒張宴東山清風閣餞炳卿博士予亦陪焉席上讀長尾子生次韻豹軒博士送別詩七律四首不堪技癢又和一首　同　人

名都法曲遏行雲十二年前予亦聞天下未全歸玉帛人間何事異書文刼餘草木榮枯變亂後山川利病分猶喜此游慰岑寂隨陪杖履有郎君

和豹軒博士原韻送湖南博士西遊　荒木　寅

仙槎縹緲氣凌雲一見素知勝百聞絕塞晨霜愁聽角高齋夜雨細論文五年兵火都城破千里山河版籍分只願歸來風骨健中流砥柱獨推君

送炳卿教授之歐洲次豹軒博士原韻十首　長尾　甲

扶搖九萬駕鵬雲遠度滄溟搜異聞浪撼星辰傾地勢日
殊晝夜變天文采風應恠性情別審樂方知政俗分近有
西儒志東學宣揚我道仗夫君

丘索墳典多似雲於今逸籍尚堪聞士夫常講經天義學
子爭傳載道文禮樂曾敷三德立彝倫攸敘九疇分禹邦
今日絕名教何策回瀾欲問君

九流百子亂如雲劉向傳經尚謏聞竟把群言作芻狗黜
從異域索華文即於忠孝不曾講更與禽蟲何以分名教
長嗟將掃地彼哉無父復無君

壯士樓船破海雲日南經略所曾聞能將隻手平人國便
欲異鄉弘我文遠嶺虎咆殘月落空江鰐躍晚潮分回頭
應弔田長政傳贊英雄秪待君
椰樹桄榔接碧雲耆闍何處問聲聞寶城欲禮金仙像香
象猶馱貝葉文法性土今腥穢蟣華嚴界爲佛妖分誰修
無漏牟尼業憐見國人懷舊君
絕漠日沈駝吼雲大秦故國史中聞三稜高塔訪前朿萬
里平沙探佚文地老天荒王迹熄星移物換世情分遙望
黑海顧紅海瘴霧蠻烟愁煞君
游龍流水客如雲美酒蒲桃清唱聞俗貴自由趁華靡學

傳民約失浮文古城殘月帝功絕破壘新烟戰迹分興敗
應從史家斷歸來觀感欲詢君
流沙舊簡劉荒雲博士聲名世妬聞我尚可憐況彼子西
儒何恠訪東文千秋典籍千秋貴百代英華百代分傳道
重収四庫佚歸舟梱載翹望君
戎艦凌波破蜃雲侵邦拓土昔傳聞狠貪漸飫方知禮讓
利相營亦重文不見疆中日光沒半將天下地輿分道亡
諸夏蔑周孔夷狄何如尙有君
覇圖初就氣凌雲鐵血威風聳耳聞本上首功秦國計主
興民利禹謨文士非不猛兵終敗隣所爲讐地被分謙讓

未修堯舜德逋逃無復憶前君

奉送湖南先生西遊次豹軒博士韻　內村貧深

一路鵬程萬里雲直從劫後問奇聞覇圖形勝接明眼學海波瀾入偉文弔到殷墟歌麥秀行經秦甸見瓜分千金須愛如椽筆扶起雅輪專頼君

奉送湖南先生西游次豹軒博士韵　倉石武

講學横經槐市雲擔囊鼓篋就流聞斗楂忽沒三秋影星漢任披七月文魏氏冢中醒杇史太康簿裏定鞏分但看松樹向東指擁錫出迎教主君

奉送湖南博士之歐洲步其留別詩韻　今泉雄作

大鵬時培小風雲欲博西溟宏見聞定賞希雕羅畫巧當
探埃象亞釘文巴城莫想經年別龍府休思兩袂分不獨
先生丘索博二洋翰墨盡依君

巴黎客次攀湖南博士見眎詩韻三首　織田萬

飛器馳空破碧雲御風仙術所曾聞人間偏喜競新技石
室誰知探古文不厭梯航重九譯何須割據策三分願承
一視同仁旨融合東西報聖君

遙望海天縹渺雲笳聲有恨不堪聞東方爭學蟹行字西
域却藏鳥跡文荒廢山河悔兵革頽傾綱紀失均分葡萄
美酒好相酌何日蓬瀛又遇君

覊窓蕭索暗秋雲何計跫音空谷聞應憶故園菊花酒間
看內庫寫經文馬千里有驪黃異貉一丘猶强弱分東學
淵源深且遠宣傳眞義獨憑君

六月廿日麗澤社諸同人會于鴨涯送湖南夫子游歐洲席上賦小詩數首聊以奉餞六首　神田信暢

松漠殘墟幾度過當年意氣未蹉跎星槎忽向歐州去剪破滄溟萬里波

英京庋閣法京儲萬軸琳琅抵石渠莫向此中忘歲月淹留竟作武陵漁

鑒別九流中壘班人言淵博壓河間將期四庫重編日千萬奇書舶載還

聞嘗絕域聳貞珉六代雕鐫尤可珍重搨沮渠殘石字涇陽以後復何人

海外娜環嗓藝林賞心名迹好相尋虎頭妙畫推神品一
卷殘縑女史箴
河梁揮手各天涯嗟我此行難得隨酒醒離亭殘雨暮臨
風還唱柳枝詞

歸舟中漫成六絕用神田鬯盦送別詩韻　内藤　虎

飲馬松花一夢過泛槎星宿志蹉跎頭顱六十已如此又託滄瀛萬頃波

梯山航海訪收儲要爲　天朝補石渠應被故園猿鶴笑難將身迹混樵漁

石室紬書自馬班溯洄流別二劉間此生成就名山業不厭重洋十往還

中郎殘字出貞珉還見國書元魏珍海外搜遺游未倦將爲芒洛搨碑人（在法京日伯希和語余云頃有東信洛陽出一異字碑未知何代物或即元魏國書）

馬揚才調壓詞林匹似嵩華高萬尋今日輶軒通四海何

人能續九州箴
送我人皆返自涯剩將書卷得相隨南天銷夏秘方在清
課舟中讀楚辭

巴黎戲作示織田博士　　内藤虎

東方蠻觸禍難收蒿目世間且遠遊秋入名城人海裏食

單點去到蝸牛

次韻　　織田萬

風吹黃葉雨初收節入高秋未倦遊剛健知君吞牛氣菜

單何怪及蝸牛

寺田學士索題英國古地圖影片　　内藤虎

四海縱横盟已寒名都秋色木將丹要知雄國興衰跡也

取圖經子細看

與伯希和翰林甲子九月廿八日在倫敦作

伯希和翰林閣下屢誦高著企仰盛名前月始奉教左右頓慰渴想自抵貌都嵩閱鳴沙之遺書急繙外典未及竺乾之梵筴故所見不過一百四十餘種然往往獲覩佚帙善本若唐初寫毛詩終風願言則嚏鄭箋今俗人言嚏云人道我我則嚏古之遺語今本脫我則嚏句古本佳處有如此者唐魏徵羣書治要一書已佚於宋代而獨存於我邦清儒或疑其僞作斯塔因所獲本乃有此書斷簡二通皆左氏傳中語一係襄公九年至廿五年盡與今本合一係僖公篇乃今本所闕知石室閟書時治要猶流傳也茲

已選石室各書四十餘種屬英館員照相不日當成憾弟在此地未獲良朋如此快事無可與語切欲見閣下縱論古今日内擬再圖良覿匆見愮指誨幸甚島地多霧木葉早落老軀怯寒未便久駐遙料上邦尙屬暄和起居佳勝先發肅泐順請文安虎頓首

與董綬金司農甲子十月在巴黎作

綬金司農閣下滬上分手忽已三月承屬新印書署簽旅次匆卒久未操翰頃得小間乃勉强塗鴉呈覽未知中用否法國伯希和英國適爾士二君弟皆已見之見託各書皆遞交訖句留倫敦五禮拜英博物館所藏石室遺書除

內典未染指外已睹一百四十餘種其尤奇者有群書治要斷簡二種唐初法令西凉建初戶籍之屬又有珠英集唐藝文志日本見在書目所錄中存劉子玄詩數首弟屬適爾士影照四十餘種但有未允照者廿餘種治要法令建初戶籍與閣下所錄摩尼讚文並在未允之列洵不知其何故爲之鬱悶累日館中又藏李文忠程忠烈諸公與戈登總兵文牘及太平僞詔典制等書蓋多貴國所佚弟抄錄粗完其餘滿蒙文書則石濱鴛淵二君爲編書目皆足補東方箸錄之闕矣弟明日擬赴伯林二禮拜後復還巴黎涉獵伯氏所蒐敦煌遺書留六禮拜再游伊國復由印度洋東歸明春一

十二

二月間舟過滬上重叩貴府當以此游所獲奉覽同其欣賞耳專此肅布幷頌箸安虎頓首

書陳楓階載書歸里圖後 甲子十二月在巴黎作

余聞禹域古有宗法以序昭穆而辨親疏魏晉至唐益重族望貴種寒門區以分矣唐末黃巢之亂繼以五季名家清流盡歸淪喪於是宗法幾乎熄焉然嘗讀馮景廷中允箸論謂閩粵之民多聚族而居利而導之宗法未嘗不可復于古也顧閩地風氣晚開朴俗未散世族著姓代出賢才以余所親知有若今清室太傅陳公焉及游巴黎亦獲識陳任先公使任先之先楓階先生歷宦湖湘居官清白

歸裝獨載書數千卷乃作載書歸里圖以藏于家當時林文忠梁退庵等同鄉名公皆有題識陳太傅亦云楓階之後世有名人豈非閩俗之美鍾於一門耶歐洲近更大亂民風敗壞於是法人頗有重家族之說欲藉以拯時弊然禹域年小輕俊之輩動以破滅倫常爲快任先公使生爲世家兒孫又深通法文其間得失必有能辨之者矣及見徵歸里圖跋乃書此質之內藤虎

玉石雜陳

玉石雜陳引

余於臨池無所得而頻年以來索余書者滋多卜居瓶原後欲盡謝之博文堂主人與寸紅堂主人謂余曰請先爲余等書百幅箋然後一切謝絶未晚也因勉强應之所書經語十條子史語十條宋賢語十條清賢語十條文心雕龍史通十條先唐詩十首唐詩十首宋後詩十首計八十條並有評語賸以自製詩廿首碔砆混玉慙靦之至兩主人欲取其所錄藁本刊印爲冊以存當日之興會因亦勉强應之名曰玉石雜陳已成乃書其緣起於簡端云

戊辰之春湖南老人書於恭仁山莊之漢學居

珍倣宋版印

玉石雜陳

經語十條

洪範曰恭作肅從作乂明作哲聰作謀睿作聖
小雅小旻國雖靡止或聖或否民雖靡膴或哲或
謀或肅或乂詩書之言相通有如此者若王伯厚
以小旻爲洪範之學則過於鑿矣

梓材曰以厥庶民暨厥臣達大家　王伯厚云周封
建諸侯與大家巨室共守之以爲社稷之鎮魯之封
有六族焉衞之封有七族焉唐之封有九宗五正焉
此善言周制之實者

士昏禮目錄日入三商爲昏賈疏云商謂商量是漏
刻之名故考靈耀亦日入三刻爲昏詩正義云尚書

緯謂刻爲商漢鏡銘有幽錬三商之語蓋錬銅三刻之義

三朝記爾雅以觀於古足以辨言矣此謂釋詁釋言則釋詁釋言之作先於三朝記明矣

克己復禮爲仁一日克己復禮天下歸仁焉爲仁由己而由人乎哉　左傳昭公十二年仲尼曰古也有志克己復禮仁也或以爲古人所傳非出於仲尼安知作左傳者不見論語而襲之耶

出門如見大賓使民如承大祭己所不欲勿施於人在邦無怨在家無怨　出門二句與左傳僖公卅三年胥臣語類次二句出管子小問篇其實皆襲論語耳非孔子以前有此語也

公羊傳陽穀之會盟辭云無障谷無貯粟無易樹子

已

無以妾爲妻穀梁以爲葵丘之會孟子與穀梁同又出管子大匡篇其盟辭詳略互異說苑反質篇則以爲晉文盟辭古傳之異辭有如此者

孟子曰愛人不親反其仁治人不治反其智禮人不答反其敬　穀梁僖公廿二年亦有此語知穀梁之作在孟子書成之後也

王者之迹熄而詩亡詩亡然後春秋作其事則齊桓晉文其文則史孔子曰其義則丘竊取之矣　公羊傳昭公十二年所言與此相近蓋春秋之學孟子與公羊一致其異辭者傳誦之久互有出入耳

論語令尹子文三仕爲令尹無喜色三已之無愠色史記循吏傳孫叔敖事類此王伯厚云恐是一事尚書金縢之事與史記魯世家蒙恬傳所載似而不同

呂子進以爲一事傳之者不同皆善讀古書者

子史語十條

韓非子云寄於天聰以聽乘于天明以視楊升菴云此古之格言而非引之吉田篁墩云皐陶謨天聰明自我民聰明天明畏自我民明畏韓非之言恐本於此

韓非謂先王之法曰臣毋或作威毋或作利從王之指無或作惡從王之路王伯厚以爲述洪範之言而失之者非也此洪範異文非之所誦適如此耳

荀子曰新浴者振其衣新沐者彈其冠人之情也其誰能以己之僬僬受人之掝掝者哉楚辭漁父中語似之蓋楚國故有此古語荀子漁父並述之耳

方革猶未能絶今戎狄尚有之中華久絶矣是杜君卿理道要訣佚文其史識之超卓乃爾

宋賢語十條

爲天地立心爲生民立道爲去聖繼絶學爲萬世開太平（博大宏遠洪範以後無此言語矣洪範建皇極爲君人者立言此則爲匹夫立言此古今一大鴻溝也）

春秋之書在古無有乃仲尼所自作惟孟子能知之非理明義精殆未可學先儒未及此而治之故其說多鑿（春秋之學啖趙以後復遠於左氏而近於公穀宋賢程張胡朱諸公亦皆如此）

斯道也惟顏子嘗聞之矣行夏之時乘殷之輅服周之冕樂則韶舞此其準的也後世以史視春秋謂褒善貶惡而已至於經世之大法則不知也（後世春秋之學

准

惟伊川所見殊高本邦之書源准后神皇正統記獨得其遺意

左傳是後來人做爲見陳氏有齊所以言八世之後莫之與京見三家分晉所以言公侯子孫必復其始以三傳言之左氏是史學公穀是經學大抵左氏史學有二大端此出朱子語類爲一大端其二即是記禮之始變困學紀聞言之

周禮只是說禮之條目其間煞有文字如八法八則三易三兆之類須各自別有書八法八則是名法家言三易三兆是卜筮家言後來編周禮者采入其中也各自別有書是文公見得透處

商周之頌皆以告神明太史公曰成王作頌推己懲艾悲彼家難至魯頌始爲溢美之言所謂善頌善禱者非商周之體也告神明之頌惟周爲然據韓詩說商頌乃正考甫所作文辭又與周頌不類朱子語類伯豐亦已疑商頌繁而周頌簡矣

呂成公謂蜡賓之歎前輩疑之以爲非孔子語不獨

珍倣宋版印

親其親子其子而以堯舜禹湯爲小康是老聃墨氏之論儒之末流出入墨老家言雖論語間有之無論戴記惟孟子擇言甚精其次荀子儒家正統當以二子爲歸

列國之變極於吳越通吳以疲楚者晉也通越以撓吳者楚也春秋於是終焉是爲上世夏夷混一之漸而申公之走晉使吳以夏姬之故句踐之滅吳藉西施之力是開天下之大變乃在婦人也

有虞氏上陶舜陶河濱器不苦窳周陶正猶以虞閼父爲之王伯厚此等涉筆可謂於古傳有神解方樸山乃以賈釋考工記云此據升爲帝時所尚不得取陶於河濱解爲王氏此說公彥巳先駁之此豈知讀古書之法乎

魏文帝詔曰三世長者知被服五世長者知飲食謂被服飲食難曉也俗語有所本方樸山云宋人謂三世仕宦方會著衣喫飯此王氏所云俗語余云以此知燕京巴黎食膳妙於天下之故

清賢語十條

田出於王以授民故謂之王土後世之田爲民所買是民土而非王土也民待養於上故謂之王臣民不爲上所養則不得係之以王 是黃黎洲說至王船山則謂天地之間有土而人生其上孜姓受命而民自有其恆疇不待王者之授之是東方民主之義也

蹟其所以燾冒天下者樹屏中區閑擯殊類而止若乃天命去留卽彼舍此之際無庸置心要以衣冠舃帶之倫自相統役奠維措命長遠醜孼者寶以爲符得人而遂授之 一部宋論亦皆發明此意故船山之論宋非論宋也論明也近時章太炎等祖述此意

識小者不忍墜地也已墜於地而道固不可墜無小非大故曰人之異於禽獸者幾希幾希者小也螘穴決金隄星火焚崑岡所甚憂者小之墜也幾希之絕

也其小者適足以辨中區與殊類之異此船山之所以不能忍墜地有亡國有亡天下易姓改號謂之亡國仁義充塞而至於率獸食人人將相食謂之亡天下保國者其君其臣肉食者謀之保天下者匹夫之賤與有責焉耳矣清初三子船山憂種類黎洲憂生民亭林憂道心

非禮勿視非禮勿聽非禮勿言非禮勿動是則謂之耿介反是謂之昌披夫道若大路然堯桀之分必在乎此禹域近日之難亭林殆逆睹之三百歲前歟

史言范文正公先天下之憂而憂後天下之樂而樂而文正自作友人墓表云今茲方面賓客滿坐鐘鼓在庭白髮憂邊對酒鮮樂豈如圭峯月下倚高松聽長笛欣然忘天下之際乎余辭官詩云近來切動買山興箕穎風懷吾久欽亦知性所適也

苟足顯其術而立其宗而援述於前與附衍於後者未嘗分居立言之功也故曰古人之言所以爲公也未嘗矜其文辭而私據爲己有也章實齋言公之說發明六藝諸子著述之體要無餘蘊矣論學之精前無古人後無來者以戰國之人而述黃農之說是以先儒辨之文辭而斷其僞託也不知古初無著述而戰國始以竹帛代口耳實非有所僞託也章實齋著述始專於戰國之說不得之於考索而得之於獨斷而其言不可易獨斷之學豈可輕哉六經皆史也形而上者謂之道形而下者謂之器孔子之作春秋也蓋曰我欲託之空言不如見諸行事之深切著明然則典章事實作者之所不敢忽蓋將卽器而明道耳卽器而明道必習於事者卽實齋所謂學也徒思而不學諸子百家之言所由起故已曰學矣必皆爲史學是其家怯

法

有比次之書有獨斷之學有考索之功三者各有所主而不能相通高明者多獨斷之學沈潛者尚考索之功若夫比次之法不名家學不立識解以之整齊故事而待後人之裁定（實齋又云鄭樵無考索之功而通志足以明獨斷之學馬貴與無獨斷之學而通考不足以成比次之功其所尚可見矣）

文心雕龍史通十條

山沓水匝樹雜雲合目既往還心亦吐納春日遲遲秋風颯颯情往似贈興來如答（劉彥和物色篇贊紀曉嵐評文心雕龍諸贊此爲第一）

固知楚辭者體慢於三代而風雅於戰國乃雅頌之博徒而詞賦之英傑也（此善道楚辭之放誕者若乃九歌之古豔天問之譎詭別是一體異於屈宋）

若夫豔歌婉孌怨志誅絶淫辭在曲正響焉生然俗聽飛馳職競新異雅詠温恭必欠伸魚睨奇辭切至則拊髀雀躍詩聲俱鄭自此階矣（一降而詩餘再降而戲曲樂府之旨益廣而其聲則益下矣）

凡聲有飛沈響有翕散雙聲隔字而每舛疊韻雜句而必睽沈則響發而斷飛則聲颺不還並轆轤交往逆鱗相比迂其際會則往蹇來連其爲疾病亦文家之吃也（聲病之論昉於沈隱侯彥和同時其說亦可與隱侯相發矣）

鎔鑄經典之範翔集子史之術洞曉情變曲昭文體然後能孚甲新意雕畫奇辭（彥和之論風骨意在復古其通變篇曰練青濯絳必歸藍蒨矯訛翻淺還宗經誥其意亦同蘇綽詔策二姚史傳於是乎出而爲韓柳之先河矣）

案世家之爲義也豈不以開國承家世代相續至如

陳勝起自羣盜稱王六月而死子孫不嗣社稷靡聞無世可傳無家可宅而以世家爲稱豈當然乎史遷之列陳涉於世家重其首難轉開世局項霸劉帝皆仰其後塵豈區區分封胙土之王侯所可比方乎史記紀傳書表皆有微意未可輕議

歷觀衆史諸志列名或前略而後詳或古無而今有雖遞補所闕各自以爲工權而論之皆未得其最蓋可以爲志者其道有三焉一曰都邑志二曰氏族志三曰方物志子玄一發此論其後鄭漁仲廿略頗襲其意曉嵐一概從刪削未見其可焉

爰洎范曄始革其流遺棄史才矜衒文彩後來所作他皆若斯於是遷固之道忽諸微婉之風替矣范書矜衒文彩誠有之豈可遽謂遺棄史才蔚宗序例之善往往駕孟堅而上之此不可不知

夫以干鄧之所糞除王虞之所糠粃持爲逸史用補

前傳此何異魏朝之撰皇覽梁世之脩徧略務多爲美聚博爲功雖取說於小人終見嗤於君子矣（王弇州萬季野並重實錄而絀野史趙甌北不取陳裴范所不取亦同此見可見子玄之史識矣）蓋楚漢世隔事已成古魏晉年近言猶類今已古者即謂其文猶今者乃驚其質作者皆怯書今語勇効昔言不其惑乎（子玄論言語可稱卓識敘事篇所說亦同此意切中宋明人脩史作文之病）

先唐詩十首

上山採蘼蕪下山逢故夫長跪問故夫新人復何如新人雖云好未若故人姝顏色類相似手爪不相如新人從門入故人從閤去新人工織縑故人工織素織縑日一匹織素五丈餘將縑來比素新人不如故

孔雀東南飛如匹錦此詩如尺璧長短各有所長矣

高臺多悲風朝日照北林之子在萬里江湖迥且深方舟安可極離思故難任孤雁飛南游過庭長哀吟翹思慕遠人願欲託遺音形影忽不見翩翩傷我心

詩至建安始見作家三祖七子故應推陳思正聲

夜中不能寐起坐彈鳴琴薄帷鑒明月清風吹我襟孤鴻號外野翔鳥鳴北林徘徊將何見憂思獨傷心

步兵詠懷憂謗慮禍辭多隱避讀之者當悲其遭際知其素行放誕亦佯狂之爲

秋菊有佳色裛露掇其英泛此忘憂物遠我遺世情一觴雖獨進杯盡壺自傾日入羣動息歸鳥趨林鳴嘯傲東軒下聊復得此生

陶詩饒有名理雖即事之作高情獨拔

江干遠樹浮天末孤煙起江天自如合煙樹還相似滄流未可源高飆去何已

齊梁詩胚胎唐調非特其聲響然已也如范記

室此詩意致已近王孟諸公

山中何所有嶺上多白雲只可自怡悅不堪持寄君陶隱居詩唐王孟諸人所出以爲出於靖節者非也

朝搴苑中蘭畏彼霜下歇暝還雲際宿弄此石上月鳥鳴知夜棲木落知風發異音同至聽殊響俱清越妙物莫爲賞芳醑誰與伐美人竟不來陽阿徒晞髮劉彦和云老莊告退而山水方滋康樂實爲山水詩祖而其妙處在得騷意觀此詩可見

勅勒川陰山下天似穹廬籠蓋四野天蒼蒼野茫茫風吹草低見牛羊其聲則節促音迫其辭則荒涼蒼莽古來詠朔北景象者莫善於此

楊柳青青著地垂楊花漫漫攪天飛柳條折盡花飛盡借問行人歸不歸隋詩之音節尤諧者已開唐絕之先

王氏作鏡三夷服多賀新家民人息胡虜殄滅天下

間

復風雨時節五穀孰長保二親子孫力官位尊顯蒙祿食傳告後世樂無亟新莽鏡銘七言爲句雖以柏梁爲僞託七言之起於西京無可疑也

唐詩十首

爲政心閒物自閒朝看飛鳥暮飛還寄書河上神明宰羨爾城頭姑射山近時王壬秋以此詩爲唐絕第一

葡萄美酒夜光杯欲飲琵琶馬上催醉臥沙場君勿笑古來征戰幾人回王弇州以此詩爲唐絕壓卷

黃河遠上白雲間一片孤城萬仞山羌笛何須怨楊柳春光不度玉門關王漁洋謂唐絕無出渭城朝雨奉帚平明朝辭白帝與此詩四章之右者

昨夜風開露井桃未央前殿月輪高平陽歌舞新承

籠簾外春寒賜錦袍　賴山陽先生在龍標作中最稱此詩

一身能擘兩雕弧虜騎千重只似無側坐金鞍調白羽紛紛射殺五單于　右丞詩余尤喜此種在渭城朝雨之上

日本晁卿辭帝都征帆一片繞蓬壺明月不歸沈碧海白雲愁色滿蒼梧　晁卿何人使青蓮作此哭詩真足千古

漁翁夜傍西巖宿曉汲清湘然楚竹煙消日出不見人款乃一聲山水綠　柳州此詩漁洋刪去末二句改爲絕句更覺超妙

三戍漁陽再度遼騂弓在臂箭橫腰匈奴似欲知名姓休傍陰山更射雕　少時尤愛此等詩一氣盤旋不用謬巧唐以後少此調矣

清時有味是無能閑愛孤雲靜愛僧欲把一麾江海去樂遊原上望昭陵　小杜以佯狂博薄倖之名此等詩看其真骨頭

巧笑知堪敵萬幾傾城最在着戎衣晉陽已陷休回顧更請君王獵一圍　元明以後雜劇尤愛此種腳色他邦人所味不到

陽

唐後詩十首

玉斧脩成寶月團月中仍有女乘鸞青冥風露非人世鬢亂釵橫特地寒（詠仙詩無若唐人荆公此句殊得其風神）

餘生欲老海南村帝遣巫雲招我魂杳杳天低鶻沒處青山一髮是中原（比赤壁賦望美人兮天一方意致更爲悽慘）

投荒萬死鬢毛斑生入瞿塘灩澦關未到江南先一笑岳陽樓上對君山（讀山谷此句猶想丁巳歲劉後出湘中停舟上岳陽樓一望洞庭晴景也）

寒林斜日欲啼烏壁裏青燈忽有無小雨愔愔人不寐臥聽羸馬齧殘芻（晁君誠句袁隨園倣漁洋舉宋絕佳者數十首余尤愛此句）

行年三十憶南游穩駕滄溟萬斛舟常記早秋雷雨

霽枕師指點說琉球　余三十二歲始航臺灣輒愛誦放翁此句其後過海十餘次今老矣臨書能無憮然

自愛新詞韻最嬌小紅低唱我吹簫曲終過盡松陵路回首煙波十四橋　白石詩境亦近於詞漁洋選宋絕可追蹤唐賢者亦有此句

馬首桓州又懿州朔風秋冷黑貂裘可憐吹得頭如雪更上安南萬里舟　少時尤所喜誦語無虛設而說盡身世際遇使人慨然

天山雪後北風寒抱得琵琶馬上彈曲罷不知青海月徘徊猶作漢宮看　北地此詩之妙不必在其擬古之工

大姑彎彎眉黛長小姑窈窕宮亭糚三日潯陽風信到雙姑蚤晚嫁彭郎　雙姑彭郎入詩者多矣新城此句亦當推白眉

畢竟君王負舊盟江山情重美人輕玉環領略夫妻味自是人閒不再生　子才此句比義山𧙓他褒女笑用意猶爲敦厚

間

自製詩廿首

潢北洮南次第收前軍已躡古韓州會須俟得秋天霽百萬投鞭絕巨流滿洲鐃歌一

霜罩旌旗北斗斜將軍意氣壓龍沙王爺陵下夜夷竈公主嶺頭晨建牙滿洲鐃歌二

山連女直勢逶迤古驛風煙閱刦波欲問重關南北址邊牆楊柳已無多威遠堡門

統一肇基功絕倫裔孫猶自奉蘩蘋滿山松檟護幽宅刻石依稀十二神松都顯陵

七度韓山兩鬢皤可堪酒館對秦娥金篋花帶今猶昔淚墮仙桃一曲歌漢城有作

廿年游跡夢迢迢每到花時魂欲銷記取霏微煙月

夜酒醒燈𤍠賦南朝　芳山絶句
樓臺煙雨影寥寥五百年來冤氣銷可有傷春人載
酒留題處處及南朝　同
中興將相想風標橫槊邊城鬢髮蕭夜夜篝燈呼紙
筆大書正統到南朝　北畠准后
雲閉髣髴韻瓊簫猶向舊都馳桂軺太息依然弓劍
在空山風雨又三朝　讀芳野拾遺
孤臣抽筆度殘宵易燼燈花手自挑長憶先皇恩澤
厚遺聞和淚寫南朝　同
覲月燕山已廿秋滿城卿相盡貂裘可堪草沒銅駝
日頭白送君游九州　送人
編摩舊事遺山志絲竹中年逸少情宦跡燕山載毫
賦使君才調壓晁卿　讀蓮舟遺稿

間

石室紬書自馬班溯洄流別二劉閒此生成就名山業不厭重洋十往還 航歐舟中

買得林園愜素襟繞簷山水有清音蕭然環堵無長物滿架奇書一古琴 恭仁山莊絕句一

遠水溶溶望欲無秋聲薄檻愛蕉梧眼前風景儘堪畫一幅浮嵐暖翠圖 同二

午景明韶煙客筆晨光晻靄巨然圖幽人無力購名迹有此江山聊足娛 同三

白首名場甘伏雌保殘守缺慕經師收來天壤閒孤本宋槧珍篇單疏詩 恭仁山莊四寶詩一

千古師儒費句梳說文解字許君書購將宋槧兼唐鈔高揭楣扁漢學居 同二

零殘盲史王朝寫前輩收儲手澤存細校尤宜博多

板古香繞筆爛硃痕同三

奇篇只合屬吾曹豈許老傖論價高史記併收南北

宋書生此處足稱豪同四

玉石雜陳

華甲壽言

大正丙寅年

華甲壽言

寶許盦刊

靡倖成均恩澤深叨將名姓列儒林抱
殘未悔謀生拙獻賦何須擠死吟不
疾朞年觀幻影論交中外感知音
近來切動買山興箕潁風懷吾久
欽
解紛少慕魯連賢空藉煙霞樂暮

年侠士前塵残夢淡狂生結習放言
顛晴耕擬校牡丹譜夜課宜繙貝
葉編舊藁理来頻檢點集中恰
有箭書傳
華甲自述二首用趙次珊大帥見贈
詩韵　内藤虎

毓秀扶桑日照深東方耆德舊儒林書摹懷素工
狂草詩學香山發醉吟唐古咸文明秘篆烏斯藏
教識元音共敦君子多聞雅籍甚瀛邪衆所欽
鄭僑吳札結隣賢氣誼相知近廿年鐵嶺初逢顏
正壯金臺重見鬢俱顛觀空忘過庚申劫卻老看
成甲子編喜繼鶴翁徵壽集九州霞錦並留傳

內籐虎次郎仁兄有道六十介壽

愚弟充補趙爾巽拜祝 丙寅八十有三

詞館論才比華嵩著書白首可盧同歲
曾家學私塘坫遠壽聲聞到海東
摹錢竹汀宮詹小象并綴以詩為
内藤虎先生六十壽 丙寅月 傅增湘書於長春室

內藤湖南先生六十壽序

昔孔子刪虞夏商周之書定爲尚書本周禮因魯史以修春秋則皆史而進於經蓋上世史與經合珥筆體法靡有所分也漢司馬氏作史記紀傳以統君臣書表以譜年爵實爲史體正宗然疏通知遠屬辭比事尤非其所致意故視經嚴既弗如矣班范而下遞相祖述純以龍門爲鵠則亦於尼丘法無取焉史乃退於經矣夫史者經之案也經不得史無以證其褒貶經者史之律也史不得經無以酌其輕重則史未始不與經會通於古今得失之林者豈其進退所能繫哉然今之治史者蔽於其已非經而自與經

絶不挹而注不參而互脫令證褒貶酌輕重焉將逡巡而自謝不暇也古人有言迎之以隟開待之以懸遇內藤湖南先生閎識孤懷其學能特得於此者也然世止知其老於史而不知復老於經蓋治史者不知史與經體法雖分猶能沆瀣一氣也則世安知既能老於史當復老於經耶往歲先生嘗論易彖象亡經義者爻辭於古無有者序卦言卦義與說卦雜卦不類者一切鉤抉而考覈竝爲卦初不必六十四爻亦五六不齊筮宿由卜來說以爲十翼率有秦漢人作乃著易疑數篇以前儒所未犆道居多名以疑意其自巽爾先生之於經可謂亦老矣今年爲先生六

十初度朋好門生胥謀論次其素所述作且圖其肖像將以頌海內外知交源六服役殊邦弗克躋堂稱觴樂爲先生壽因質言經史同源之義惟先生幸存之而卽以爲頌祝望外之喜也昔者曾南豊師事歐陽廬陵廬陵嘗爲譔其先大父墓誌銘輒謝曰鞏之感與報宜若何而圖源六未及先生門而向者觀文數篇謬旣寵薦其感與報以視南豊當有加也近數十年來我國經史之學日就榛蕪若源六之駸亦深用慨歎卽欲挽而回頹勢恨才力綿薄靡由負荷常自警以競競弗墜所業後有力者起俾繼而振作焉是則所以報先生於萬一也與

大正丙寅五月大隅岡山源六子本甫譔於盛京息抱齋

內藤湖南先生六十一壽序

壽詞豈易言哉古之賀壽者三曰壽而康曰壽而事功顯赫曰壽而學益進業益盛是也若夫身羸而徒壽身雖健無事功者何足以賀哉如吾內藤湖南先生則壽而學益進業益盛海內仰以爲師宗况於往歲罹疾殆死復生乎是壽詞之易言而賀者亦與有榮焉先生天資俊異書無不窺物無不格久垂帷大學著書等身洛陽紙價爲昂屢遊禹域彼地名流皆心折焉其講學之餘能鑒書畫又能訪古探究自鼎彝壺尊敦卣鬲甗以至韶鍾䆛磬鉦鐸鈁甬之屬皆無不精究又通古鏡璽印文書畫器玩一經先

生鑑識市價乃定嘻先生講學之博鑑古之精豈減古歐
趙之倫哉雖然是於先生緒餘耳其大於此者世皆知之
何待余贅今茲先生壽躋華甲余辱先生之知二十年矣
豈可無一言以壽之蓋先生之友若籾山衣洲西邨碩園
余亦皆締交有年二老亦屢遊禹域其學其業皆與先生
同趨嚮惜哉皆先而歿余嘗壽衣洲華甲有序又將壽碩
園而終不逮焉今獲壽先生二老亦應含笑地下而余之
榮可知也先生身益健其超耄至耋可期而待是藝園之
幸也夫是天下之幸也夫

置鹽維裕

內藤湖南先生六十一壽序

大正十有五年　月　日卽湖南先生誕辰六十周而花甲復始矣凡海內士君子之爲吾先生知舊門徒者皆爲文而壽焉余以不敏猥忝汲引之列義固不可以不壽之也況君山學士爲致先生之命焉余尤不敢後於人也顧雖久病沉綿而猶自力爲文矣然竊惟先生門墻如海譽髦如林凡所以爲先生壽焉者固無所不用其心也而余以眇然晚進學旣不足以知言言亦不足以成章也則其藉手以壽夫先生者亦不越乎盡其愚魯之摯情以祝無疆之福而已是可愧也始余因君山學士得聞先生獨倡

六經皆史之義矣及拜先生寄余書縱論唐宋之際推劉子玄鄭夾漈爲第一而先生斷之曰劉拘於迹鄭不愼於斷復繹之曰惟淸儒章學誠爲一代絕學雖其本國學者知喜其書而能通其義者蓋鮮矣先生又慨然曰吾倡章氏學於我邦垂廿年能和之者僅二三子乃進不佞而勵之曰足下奮斯學則眞有空谷跫音之思惟足下勉之此皆余曾蒙不貲之至惠於先生而期期乎奉繹也然自以未供洒掃於門屛而得聆謦咳爲恨也適値　勅頒朝鮮史會官制之日而先生以顧問臨焉乃駐臯比于漢陽之天眞樓中余因得窺其光輝動人而足以見德盛禮恭能

孚于物也噫君子之至是邦也余未嘗不得見矣然其誠心款欵藹乎可掬而其言簡其儀和其氣象樂易人自愛而自親者惟先生爲盛也且余未嫺國語相對噤嘿啞然可笑而先生卽欣然起身抽筆札爲講貫窮晝夜不少疲其披心虛懷之發爲言語而眞正開導之意洋溢乎字句之表余於是悅服無斁而仍竊覸先生之學得之至敏而蓄之積累故發之甚愼若使千鈞之弩觸處深入而穿穴說出渾渾無鑿痕綜核名物揚扢今古而又未嘗毫髮差於權衡故其言明白亭當絕無爭氣勝人之弊以余觀於仁齋蘿山未必遠過先生而若其倡起文史之義聳動一

時則仁齋蘿山恐不能不讓得一頭地耳此余所嘗蠡測而管窺者也故今者之壽先生亦有以異乎人也雖雲海阻絶未列賀席而盈尺蕪言爲瀝出愚魯之摯誠則庶幾侑壽斝之歡也是爲序

秉山學人洪憙

內藤先生大鑒久疏牋敬恒切馳思昨奉　貴國京都帝
國大學文學部陳列館寄到公啓知以明歲降辰之紀欣
逢大年周甲之期業在名山望崇瀛海友人門下擬梓文
章以壽世並摸圖畫以傳眞同詠霓仙洵爲盛事元濟風
前引領忭幸莫名猥承雅契之相聞願附華封而申祝謹
陳寸簡遙慶遐齡伏維哂誓並頌曼祺百益

張元濟頓首乙丑六月廿八日

湖南教授周甲次其自述詩韻以贈時教授將告休
討源學海百川深儒雅風流重士林賈誼文章經國筆杜
陵詩史濟時吟世求利器軒轅佐自動遐心金玉音久播
聲名傳海外新篇每出遠朋欽
五經博士漢時賢正是公孫徵辟年味至道腴兼衆妙尊
爲人瑞在華顛菟裘未可隱蘿薜鄴架從來擁簡編撑拄
乾坤憑學術微言遺緒得無傳

長尾甲

西山之郊多竹實花葉粲粲映天日側見叢生老梧桐飛
來鳳皇自奥東將雛引禽朝又暮羽翼各成凌煙霧吾聞
鳳皇帝者瑞治定化成始時至固宜巢阿向玉堂鳴球擊
石舞洋洋不然林藪長相親結伴騶虞與麒麟蓬瀛清波
崑圃艸乘霞翺翔萬里春

賦鳳皇吟一篇奉賀内藤湖南大司成華甲壽

鈴木虎雄

內藤先生慶甲謹呈一詩仰祝徽忱

天開壽域曜扶桑玉燭春臺寶籙長富嶽鍾靈生俊傑文星孕秀誕賢良人資正學規模整國賴大儒敎化昌並祝茲辰恒若日萬年斯道共明光

劉猛

狩野直喜

君山文

君山文

昭和己亥十二月刊

君山文目錄

卷一

卷二

卷三

卷四

君山文卷一

熊本狩野直喜

釋文舜典十二字答問

經典釋文叙錄云王肅亦注今文而解大與古文相類或肅私見孔傳而祕之乎江左中興豫章內史枚賾奏上孔傳古文尙書亡舜典一篇購不能得乃取王肅注堯典從眘徽五典以下分爲舜典篇以續之（原注孔序謂伏生以舜典合於堯典孔傳堯典止於帝曰往欽哉而馬鄭王之本同爲堯典故取爲舜典）枚書上時亡舜典者彼蓋見論孟所記二帝事蹟或有類舜典而寥寥數語顧未能補綴成篇因謂舜典非他今堯典眘徽五典以下文是已其合於堯典伏生實爲之非孔子之舊也於是其作僞傳故至於帝曰往欽哉而止又作孔序以證成其說不然彼已作僞傳何獨於堯典僅及其半是殆不可解但堯典之

宜分而爲二枚不明言之使人思而得之釋文云枚賾上孔氏傳古文尚書亡舜典一篇時以王肅注頗類孔氏故取王注從眘徽五典以下爲舜典嗚呼枚自分爲二而言孔子之舊固然又云古文舜典購不能得以王注續孔傳其用心黠矣

問枚書亡舜典之故已聽命矣不知枚書上時經傳均止於帝曰往欽哉乎抑僞傳止於此經文則與馬鄭王三家同乎余曰此未可知然古昔傳注必傅經文而行釋文已言取王注以續孔傳其經用王本不辨而自明敦煌本尚書釋文云此篇既是王注應作今文相承以續孔傳故亦爲古字至于北岳如初下云馬本同方興本作如西禮（今本釋文出至于北岳如西禮下云方興本同馬本作如初是宋人所妄改非陸氏之舊）是亦經文用王本之證由是觀之枚書堯典卽有眘徽五典以下文其廢久矣

又云齊明帝建武中吳興姚方興采馬王之注造孔傳舜典一篇云於大䠶頭買得上之梁武時爲博士議曰孔序稱伏生誤合五篇皆文相承接所以致誤舜典首有曰若稽古伏生雖昏耄何容合之遂不行用

姚方興之增多舜典十二字枚賾啓之也十二字具而舜典始與堯典竝列矣梁武作議駁之所見極是然其所言文相承接所以致誤者偶足以證堯典不可分而爲二惜乎彼唯知疑增多十二字而未知疑孔序也

舜典釋文云王氏注相承曰梅賾上孔氏傳古文尙書亡舜典一篇時以王肅注頗類孔氏故取王注從愼徽五典以下爲舜典以續孔傳

說見前案敦煌本釋文王氏注三字與題目舜典第二均大書

蓋以包舜典全篇也自開寶改釋文以來其所學經注字乃姚本非王本三字亦無所用之故小書聯相承以下文而非復陸氏之舊矣

又云此篇既是王注應作今文相承以續孔傳故亦爲古字說見前案敦煌本舜典釋文作舜典下有此數語今本釋文無

又云曰若稽古帝舜曰重華協于帝是姚方興所上孔氏傳本無阮孝緖七錄亦云然方興本或此下更有濬哲文明溫恭允塞玄徳升聞乃命以位凡二十八字異聊出之於王注無施也

敦煌本釋文姚方興所上孔氏傳本下無無字阮謂既凡二十八下有篇字旁有ゝ以乙之蓋衍字也無施也無也字余謂孔氏傳本下無字之有無其所關係極大德明之意蓋謂舜典首十二字乃出之姚方興從來諸家所無姚采馬王之注而作舜

典一篇自命爲孔傳故亦從而曰姚方興所上孔氏傳本以分於王注本也於王注無施猶言於王注無所用也自後世淺人於孔氏傳本下更加一無字學者聚訟段玉裁則謂宜讀孔氏傳一句本無一句不知唐代鈔本原無無字文義固明白無復容後儒鑿空可見古本之可貴而校勘之尤不可廢也

左氏辨

漢武罷黜百家表章六經而春秋之立於學官公羊而已至宣帝置穀梁博士其學與公羊併行皆今文也左氏古文又以晚出世鮮傳者劉歆獨謂左氏出於邱明親見夫子而公穀則得之於傳聞左氏可信公穀不可信移書太常論其宜立而不果行光武中興敦尙儒雅採訪闕文禮聘遺逸左氏亦置博士未幾而廢終東漢之世博士官之所職左氏不與焉然古文之學

亦莫盛於此時其以左氏成家者陳元鄭衆於前賈逵服虔於後均箸論立說與今文家互相辨難故當今之世欲知今古學之流別左氏公穀之異同舍東漢諸儒無由矣淸儒精覈古訓篤守家法號爲漢學而乾嘉時代則專治東京古文之學至道咸以後風氣稍異學術亦從而一變聰明慧悟之士多宗西京其於春秋挾公羊而排左氏甚則謂古文皆成於劉歆左氏不傳春秋其義則歆所自制以飾王莽之簒也予思左氏出於邱明與孔子同其好惡是則古文家相傳之說今可措而不辨至言其書成於歆則不但古無其說諸多窒礙可謂懲噎廢食楚則失矣而齊亦未爲得也玆擧左氏以下成文以辨歆誣而其成於何時則所不論焉

桀有昏德鼎遷于商載祀六百商紂暴虐鼎遷于周德之休明雖

小重也其姦回昏亂雖大輕也天祚明德有所底止成王定鼎于郟鄏卜世三十卜年七百天所命也周德雖衰天命未改鼎之輕重未可問也（左傳宣三年）

左氏博采春秋諸國史策卿佐家傳其外則多卜書夢書雜占書及小說家言是以其載當時名人豫斷一人之吉凶禍福一國之盛衰興亡鑿鑿的中驗若符契讀者疑之范甯論左氏云其失也巫不其然乎然亦有無徵驗者顧炎武舉三良殉死左氏云君子是以知秦之不復東征而至孝公而天子致伯諸侯畢賀其後始皇遂并天下季札至魯聞鄭風以爲其先亡乎而鄭至三家分晉之後始滅於韓渾罕言姬在列者蔡及曹滕其先亡乎而滕滅於宋王偃在諸姬爲最後僖三十一年狄圍衛衛遷於帝丘卜曰三百年而衛在秦二世元年始廢歷四百二

十一年日知錄卷四凡如此類言而無徵墨守左氏之徒見豫斷不中以爲賢者千慮之一失殊不知左氏載豫斷興亡之語雖託之古人其實皆從後傅合記者已知事終始安得無徵驗至顧氏所擧則作書之人生在孝公以前未見秦漸強大拓地東方而其時鄭亦未滅於韓滕之併於宋王偃衞之滅於秦則更爲夢想所不及是以所言多不與事符夫豫斷孝公以前之事皆有徵驗豫斷孝公以後之事概無徵驗左氏時代其不可據此而推測乎上所揭王孫滿對楚子之語亦同此例請試論之

漢書律曆志世經乃班固所述劉歆之說而其叙周祚曆數則曰三十六主八百六十七歲是與王孫滿言卜世三十卜年七百者異據歆所言周武王克殷後七年而崩周公攝政七年成王元年封伯禽於魯而魯自伯禽至春秋三百八十六年春秋

隱公元年至哀公十四年二百四十二年其明年即周敬王四十年而至赧王末年二百二十五年合得八百六十七年成王定鼎於郟鄏歆不言其在何年但竹書紀年以爲成王親政十一年之事果然距武王克殷已二十五年至赧王末年猶且八百四十二年使歆僞造左氏宜言卜年八百不宜言七百以致自相矛盾

世經又云自伐桀至武王伐紂六百二十九年故傳曰殷載祀六百是歆解左傳之辭由此而推之成王卜年之宜言八百歆已辨之矣

孔穎達正義因謂其過卜數殊不知是記者託王孫滿之辭彼葢生在戰國之時見周室微弱不絕如綫思其亡無日故當敘王孫滿對楚子一段自成王定鼎之時偶七百餘年故曰卜年

七百耳但其所言世數不與年數符據歆所言周祚曆數而推之成王定鼎後七百餘年應在威烈安王之時而成王一世威烈王三十一世安王三十二世其言卜世三十唯擧整數耳知左氏成於戰國之初則歆僞造之誣可不必辨矣

九月公至自楚孟僖子病不能相禮乃講學之苟能禮者從之及其將死也召其大夫曰禮人之幹也無禮無以立吾聞將有達者曰孔丘聖人之後也而滅於宋省以下六十六字臧孫紇有言曰聖人有明德者若不當世其後必有達人今其將在孔丘乎我若獲沒必屬說與何忌於夫子使事之而學禮焉以定其位故孟懿子與南宮敬叔師事仲尼左傳昭七年

史記孔子世家孔子年十七魯大夫孟釐子病且死誡其嗣懿子曰孔丘聖人之後滅於宋省以下六十六字吾聞聖人之後雖不當

世必有達者今孔丘年少好禮其達者歟吾卽沒若必師之及釐子卒懿子與魯人南宮敬叔往學禮焉兩書文相同但史記不載僖子歎不能相禮歸而講學之事蓋左傳所記僖子從公至自楚在昭公七年而及其將死也以下乃傳終言之非以此年而卒猶襄公十年偪陽之役秦堇父有勇武師歸孟獻子以爲右而傳言堇父生秦丕茲事仲尼是則追記之辭襄十年孔子未生丕茲安得而師之左氏每敘一事綜其終始其多例證而史公不察誤讀傳文病字爲疾病之病謂僖子以其年而卒又以孔子生於襄公二十二年至昭公七年凡十七年故曰孔子年十七魯大夫孟釐子病且死也是則史公誤讀傳文之明證可知史公時已有左氏一書凡史記與左傳事同文同者史記襲傳文非傳文襲史記左氏成於劉歆之說亦不攻而自破

矣

賈逵字景伯扶風平陵人也父徽從劉歆受左氏春秋兼習國語周官又受古文尚書於塗惲學毛詩於謝曼卿作左氏條例二十一篇逵悉傳父業弱冠能誦左氏傳及五經本文（省以下六十二字）尤明左氏傳國語爲之解詁五十一篇（後漢書賈逵傳）

孔奮字君魚扶風茂陵人也（省以下九字）奮少從劉歆受春秋左氏傳歆稱之謂門人曰吾已從君魚受道矣（以下文長不錄）弟奇遊學洛陽奮以奇經明當仕上病去官守約鄉閭卒于家奇博通經典作春秋左氏刪奮晩有子嘉官至城門校尉作左氏說云（後漢書孔奮傳）

鄭興字少贛河南開封人也少學公羊春秋晩善左氏傳遂積精深思通達其旨同學者皆師之

章懷太子注東觀記曰興從博士金子嚴爲左氏春秋

天鳳中將門人從劉歆講正大義歆美興才使撰條例章句訓詁及校三統曆（以下文長不錄）興好古學尤明左氏周官長於曆數自杜林桓譚衛宏之屬莫不斟酌焉世言左氏者多祖於興而賈逵自傳其父業故有鄭賈之學（後漢書鄭興傳）

鄭衆字仲師年十二從父受左氏春秋明三統曆作春秋難記條例（以下文長不錄）受詔作春秋删十九篇子安世亦傳家業（附後漢書鄭興傳）

陳元字長孫蒼梧廣信人也父欽習左氏春秋事黎陽賈護與劉歆同時而別自名家王莽從欽受左氏學以欽爲猒難將軍元少傳父業爲之訓詁（後漢書陳元傳）

馬嚴字威卿父余王莽時爲揚州牧嚴少孤後乃白援從平原楊太伯講學專心墳典能通春秋左氏

章懷太子注東觀記曰從司徒祭酒陳元受之

嚴七子唯續融知名附後漢書馬援傳

案東漢初治左氏者數家賈徽孔奮各傳其學而同祖劉歆鄭興雖亦從歆而游初師金子嚴徽子逵興子衆均受父業博學洽聞爲一代大儒門徒甚衆而其說稍不同史故言世有鄭賈之學也

金子嚴史失記載莫詳其爲何人或謂乃劉子駿因字形相似而誤然若以爲子駿上下文意不相屬又歆未嘗爲博士要之別是一人張金吾曰光武立左氏博士李封卒後不復補則東漢左氏博士止封一人可知攷鄭興嘗事歆講正大義則興爲左氏春秋尙在西漢平帝時其時左氏初立學官金子嚴者或卽彼時之博士邪五經博士考雖語近肊測足以備一說

至陳元則范史明言父欽習左氏春秋事黎陽賈護與劉歆同時而別自名家欽以其學傳子元元以傳馬嚴嚴又以傳子融而鄭玄乃從融問業則知馬鄭左氏之學本於欽不本於歆淵源自異未可混而爲一其餘儒林傳稱張馴少遊太學能誦春秋左氏傳尹敏傳兼善毛詩穀梁左氏春秋穎容傳博學多通善春秋左氏謝該傳善明春秋左氏史皆不言其師承然不能定爲盡出於歆夫左氏傳授班史所記其中有不可必信而西漢之季治左氏者歆以外猶有其人師徒傳授各自成家則斷斷乎可信也果然歆僞造之誣亦不可據此而見乎

時尚書令韓歆上疏欲爲費氏易左氏春秋立博士詔下其議四年建武正月朝公卿大夫博士見於雲臺帝曰范博士可前平說升起對曰左氏不祖孔子而出於丘明師徒相傳又無其人且非先

帝所存無因得立以下文長不錄今陛下草創天下紀綱未定雖設學官無有弟子詩書不講禮樂不修奏立左費非政急務省以下八十一字五經之本自孔子始謹奏左氏之失凡十四事時難者以太史公多引左氏升又上太史公違戾五經謬孔子言及左氏春秋不可錄三十一事後漢書范升傳

東漢初古文之學漸興學者或議立左氏光武亦有意於此遂以李封爲左氏博士後羣儒蔽固者數廷爭之及封卒帝重違衆議而因不復補後漢書儒林傳當是時以治春秋爲博士者皆宗公羊見左氏將立於學官心不能平排擊不遺餘力而奉左氏者亦起而相抗其爭烈於水火然公羊家之譏左氏未嘗言其成於劉歆之僞據范升傳當時嫉左氏與之爲敵者無出於升右然見其所論駁亦不過左氏不祖孔子而出於邱明師徒相傳

又無其人云爾其意唯謂左氏不傳春秋而左氏出於邱明之說由歆創之而升不復置議也左氏晚出學者互相傳授故言師徒相傳但未列於學官又無師說故言又無其人也至升奏左氏之失辨之者以史公書多引之爲辭而升則不過言左氏固謬史公引左氏更謬史記引左氏不足以見左氏義長若使知歆僞造何不大聲疾呼暴其姦於天下顧不疑史公以前已有左氏之書也

或問周官曰立事左氏曰品藻太史遷曰實錄（楊子法言重黎篇）

西漢之季楊雄與劉歆鬱爲兩大儒而雄齒稍長於歆漢書楊雄傳天鳳五年卒年七十一則其生當在甘露元年史不明言歆生年但歆父向傳云向卒年七十二後十三年而王氏代漢由此而推之向生於昭帝元鳳四年甘露元年時年二十五向

有三子歆爲之季歆生恐後於雄而其學不相下雄箸方言而未全藏稿於家歆與書求見之又使子棻就學奇字（方言古文苑漢書楊雄傳）則其傾倒於雄何如也雄傳又云雄用心於內不求於外於時人皆留之唯歆及范逡敬焉蓋紀實也夫僞造古書可以欺後世之人不可以欺當世之人可以信於凡庸淺俗之士不可以信於博學洽聞之士今見法言所言蓋信以爲先秦古書矣夫尙書百兩篇中壘辨其僞書舜典十二字梁武析其贋鼎謂雄之博洽乃遠不如二人乎但其以左氏周官與史記併論不使列於五經則仍是左氏不傳春秋之說雄雖精奇字於經則篤守漢儒家法與歆專主古文者異

左氏經之與傳猶衣之表裏相待而成經而無傳使聖人閉門思之十年不能知也（太平御覽六百十引桓譚新論）

劉子政子駿子駿兄弟子伯玉俱是通人尤重左氏教授子孫下至婦女無不讀誦此亦蔽也意林引桓譚新論後漢書桓譚傳譚博學多通徧習五經皆詁訓大義不爲章句能文章數從劉歆楊雄辨析疑異又稱世祖信讖嘗議靈臺所處帝欲讖決之譚論其非經帝大怒將斬之叩頭流血良久乃得解蓋博學剛正篤實之士使歆僞造左氏必不受其欺知書成於歆亦必不阿其所好而不爲之諱也今見新論極美左氏唯譏至婦女猶且讀誦未嘗議其僞史稱劉向治穀梁而歆則好左氏父子不同其學然據譚所言知向亦不必廢左氏夫張霸尙書百兩篇向奏其非是謂其子作僞而向不知之乎是殆不通之論也

讀吳大澂王字說

吳大澂王字說以爲地中有火之象云火盛曰王德盛亦曰王故爲王天下之號又云皇字古文作皇从日有光日出土上則光大火在地中則氣盛皇王二字取義相類予思莊子在宥篇廣成子曰得吾道者上爲皇而下爲王失吾道者上見光而下爲土得道失道其事全反而其義則不出皇字蓋其所謂上下指字形上下皇字上从自下从王故曰上爲皇而下爲王其古文从日从土故又曰上見光而下爲土蓋莊周之時皇字有二體故其言如此而命意則在於文字之外是周狡獪弄筆之處憾注家瞶瞶不悟其意耳

此說予亦不必信爲然偶讀吳書援筆記之擬他日精覈就正同學也大正十二年仲夏喜識

君山文卷二

熊本狩野直喜

敦煌本左傳零卷校勘記序

己巳六月四川白君至京都以唐人鈔本左氏傳見示昭公四年唯逆君命是以在此至五年艮山也離爲火火焚山山凡八十八行字體古拙疑村塾童子所寫而考其時代則不下五季矣今校以　內府卷子本開成石經宋本異同不少今臚列於左以見唐時所行左傳已有數種源流不同矣君山狩野直喜記

舊鈔本經典釋文校記序

鈔本存釋文卷第十四禮記中庸第三十一至昏義第四十四但中間脫奔喪一篇而中庸緇衣大學冠義昏義亦均不完案今世通行釋文徐乾學通志堂經解本盧文弨抱經堂本二種其禮記

又有宋淳熙刻撫州公使庫本盧本兼採撫本而清嘉慶間張敦仁重刊撫本則又有丙寅庚辰兩刻之不同今以鈔本與各本互相對勘異同甚夥而鈔本之長竟不可沒矣玆以盧本爲底本箸異同各條下但鈔胥無學其多俗字譌奪勢所不免見而易知者不錄避煩也狩野直喜記

舊鈔卷子本莊子殘卷校勘記序

舊鈔卷子本莊子郭注殘卷京都高尾高山寺所藏現存雜篇庚桑楚卷二十三外物卷二十六寓言卷二十七讓王卷二十八說劍卷三十漁夫卷三十一天下卷三十三凡七卷欄上行間及標背摘記釋文莊子音義成玄英疏每卷字體小異考鈔寫年代疑在鎌倉初期矣經籍訪古志云是書卷數隋志稱三十卷目一卷梁錄三十三卷釋文叙錄三十三卷三十三篇現在書目三十三

卷新舊唐志十卷今此本一篇爲一卷與七錄以下所稱合蓋卽古本之舊裁也其說極塙（近時敦煌千佛洞所出莊子殘卷分卷亦與此同）然記者所据卽小島學古迻錄本唯有庚桑楚外物寓言三卷而舉今古本異同亦不過庚桑楚第二十三無楚字吾灑然異之灑作洒大道已行矣大作天三條楊守敬日本訪書志記之較詳然所見亦唯小島本未見餘卷卽就所見而論校勘之際未免時有誤謬至天下篇末子玄後語略見釋文敘錄宋以後刻本所無卽此一事足稱驚人祕笈而二書失載殊爲可憾今校以北宋刻本宋刻注疏本宋刻趙諫議本明世德堂本參之釋文異同甚多指不遑屈後又得我友武內教授義雄校語遂能成此編坿於景本但此本鈔胥無識譌脫迭見其易知者不錄舊鈔之例助辭繁重有無乎也莫關文義者亦概不錄避煩也昭和辛未九月狩野直喜記

李退溪詩卷序

享保寛延間我鄉有大塚退野先生者其學初奉餘姚既疑良知之說不合聖經棄去舊學專主程朱及得朝鮮李退溪書而讀之喜曰紫陽眞傳在此矣自出處語默以至道德性命之理一折衷退溪學術粹深氣量端莊一鄉推爲有道君子弟子箸錄者二百餘人但其爲人闇然自修不喜標榜不求世譽貴踐履而賤文藝是以先生已歿其學漸微後五十年偶遭幕府末造海內多故國老長岡監物與横井小楠等講學相善謂濟世賴於人材人材出於實學記誦詞章非士子急務其於鄉賢尤崇先生推自先生以溯退溪而程朱而孔孟以謂聖學門徑舍之無由也藩中子弟聞風來集二君之門者踵相接世稱實學派二君之徒元田東野明治初出仕於

朝常侍
典學啓沃
帝德所講進多二退之說云朝鮮李某家蓄退溪墨跡聞我鄉昔
崇退溪流風尚在今年春持來熊本求售遍城邑無顧問者有一
人焉欲得其與金秀才書亦以議價不合而止某大失望將去山
崎博士土佐人授徒我鄉二十餘年既罷官於鄉賢事蹟學術變
遷博綜文獻箸作彌勤聞之歎曰退溪退野先生之學所本遊墨
猶宜寶存此土況論學書乎即懷百金立家門外要其過而得之
鄉人阿部無佛現在東京嘗游朝鮮購得李書珍如拱璧或以博
士事告無佛無佛慨然曰博士僑寓之人耳乃能爲鄉人所不爲
予其不可不厚報之亦將書相贈即此卷也無佛見義發藏而不
愛博士好古一舉而兩得可稱墨林佳話今年夏間予以事回鄉

博士爲予語甚詳且出二書相示求記之顧予於治經篤守漢人家法宋儒精義所未與聞所以援筆而不辭者乃有感於博士之爲而然亦猶無佛割愛相贈之意也夫

鳳岡存稿序

明治庚子直喜始來京都獲識荒木鳳岡先生時先生以醫化學教授大學聲名烜赫從遊如雲就與之語談論風發馳聘古今其貌溫然而駿邁之氣見於眉宇間予心竊敬之而未知其能詩也一日先生招飲酒樓席上出示古今體凡若干首其氣淸以醇其志廉以潔風格遒上厠之當世作家不見有所稍遜昔者我國醫學傳自漢土是以其人往往精經史而嫻辭章今學術一變陶歐鑄米以專門之業立世亦安得有大學博士而餘事能詩如先生者乎直喜初異之既聞其家世尊甫三碓先生醫而儒壯歲負笈

江戶師萩原綠野才學與其姪西疇相若至還鄉以醫爲業暇則聚徒教授先生幼時亦受其課讀稍長往問業西疇然後去而學醫於是乎始悟先生詞章之美非偶然而學之有淵源也未幾直喜游淸國先生亦西航歐洲相逢滬上共宿二日夜則剪燈對坐酬和徹曉而不止遂送至江干而別後三年直喜官大學先生則以教授補醫科大學長後十二年擢升總長先生之於直喜初爲同僚繼爲上司未嘗不一日以公事見公事竟又必譚藝以爲樂顧念在滬聚首已三十年矣直喜今引年告老先生亦任滿而去而氣體彊固不遜於壯時是可喜也先生詩始主高靑邱中學李北地晚則出入放翁遺山尤長詠懷慨世傷俗時有幽憂激越之音蓋蓄於中者深矣故發於外者亦能精光奕奕也然詩於先生餘事耳可重不在於此是人之所皆知不必詳述今述二人交游

之非一日更以他日相期亦所以自勗也

攖寧村舍集序

昭和三年十一月

皇上卽位　大嘗禮成覃大慶於天下賜男女年七十以上物有差當是時華頂大僧正孝譽上人年九十七以碩德軌行上徹

天聽特賜金盃褒飾之佛敎宗派皆有管長而仰邀此　典者僅上人與竹田默雷禪師二人而已上人之徒榮之乞其中年作錄詩稾名曰攖寧邨舍集排印成册以餉其徒藉記

皇恩於無窮又以爲上人慶意甚美也洪範五福維壽位於其首

天保九如比南山以爲頌誠以長生久視皆人所欲富貴顯達凡人間一切之樂非壽不足以享之然是世俗之事非所以貴於上人所以貴於上人則在其致壽之故焉上人尾張人幼從梧雲和

尙薙髮受傳宗傳戒於增上寺慧巖大和尙其學初師賢從和尙次師名阿和尙所至劬學修錬卓越儕輩皆以法器許之明治初歷任東京幡隨院尾張圓成律寺京都百萬遍住持後晉董東京增上寺再來京都視篆華頂統理宗務則年已七十一矣齒德彌劭聲望彌播緇素方仰爲宗門耆宿

熙朝人瑞而上人則自視欿然謙虛持己沖和接物專念名號常住常樂年近期頤每朝猶扶輿上堂禮佛誦經不廢恆儀平生自奉甚薄所用衣巾杖屨整理瀞濯莫勞侍者蓋慈悲爲心弘誓爲念忍性苦形以願普濟精力不耗於嗜欲筋骨不斁於逸豫是其所以能躋大壽聰明至今不衰上人之可貴正在此矣上人中年精究儒籍學詩大沼枕山又與佐藤牧山菊池三溪締文字交所作發自性靈於宋風爲近尤長詠物字鍛句錬才思坌涌如羅漢

渡海圖佛誕生日諸什固其本色而典雅圓熟巧而不纖麗而不靡擺脫筍蔬之氣洗除頌偈之習足徵功力甚深其餘詠懷山居應酬之作概皆沖粹坦易多慈祥語是則成於上人道味之腴與夫故弄抑鬱不平因悴憒悶之辭自命詩人以高於俗者未可同日而論矣嗚呼詩於上人緒餘耳況又中年所作不足以輕重上人然其爲道根於性情讀之可見其慧業之盛與享壽之長非偶然之故矣直喜緣薄未得一謁上人而與其徒大島徹水善是以序文之求不敢辭乃銓次所見弁於卷首如此

支那學小島本田二博士還曆記念號序

小島抱甕博士生於明治辛巳十二月本田蔭軒博士生於壬午正月六十一縣弧之辰相距僅四十餘日於是故舊門人相謀各草論文一篇刊爲支那學特別號以代壽觴意甚善也莊周書曰

人上壽百歲中壽八十下壽六十夫長生久視皆人之所欲然使其躋於上壽動植之生或踰於此故君子有學行之懿有育才述作之美而壽足以配之爲可貴耳二君昔遊京都大學治支那哲學勵志煥發有高材生之目業既成一掌講席於京都大學一教學徒於龍谷大學釋經傳之凝滯解百家之槃結於漢土學術之變遷治道文化之隆替爬羅剔抉無復餘蘊聽者始知爲學之法各得門徑而入又時有論箸原原本本闡幽研微往往發前人所未言其益於學界大矣夫所貴於學者實事求是理義明徹不恃聰明而鄉壁虛造不務易入俗耳而以邀世譽卓然自守扶風氣而不爲風氣所動斯之謂眞讀書人學者所以報於國家亦正在此今二君雖歲開七帙氣體堅固精力之壯不遜於壯時繼往啓來以恢弘斯文繫二君是賴君子難老之頌二君尤足當之而予

之所以眷眷於其壽考豈亦爲一人之私乎昭和辛巳季秋狩野直喜序

掃心圖畫序

二十年前直喜來京都識富岡桃華因桃華而得見其尊人鐵齋先生先生貌古神凝儀觀偉異望之如神僊既進而聆其說根柢於六經出入於道釋百家乃至詞賦篆籒之學莫不淹貫直喜因歎今世論南宗畫家必推先生爲冠冕然彼唯知先生技藝之精耳其所以致之則未及知也先生壯歲負氣欲以學爲世用喜與四方瓌異絕特之士交足迹遍天下名山大川皆能窮其勝概雖中年以後絕志當世專耽丹青駿發之氣故在不從齒與境而變是以當其援毫揮灑興會淋漓如有原之泉混混而來雲烟變幻岡巒巇險魚龍曼衍樹石離奇乃至衣冠人物花卉翎毛之類恢

詭譎怪氣韻生動千態萬狀不可方物譬諸梗柟豫章其根旣深其蔭亦大先生天分之高閱歷之深固不易及而非讀書問學之功安得其凌駕時流並鑣曩哲如此之盛哉先生今年齡八十有六又痛喪桃華膝下無子男寡媳弱孫正倚先生而爲命是殆常情所不能堪而神明不少衰家蓄書萬卷靑編縹帙積架滿簏終日杜門般礴一室興到拂拭縑素揮毫自適夜則篝燈讀書攻苦如少壯時可見先生之學之技猶進而不止嗚呼是豈今世之人哉谷上君頃輯先生墨迹五十種將印行問世以直喜知先生來謁序文直喜於繪事毫無知解姑舉其所以殊於時流告世之覽是書者大正十年三月熊本狩野直喜

正倉院考古記序

正倉院考古記民國傅芸子先生所箸也自我國通使隋唐文物

波及

列聖取其資治道厚民生者以恢弘鴻業損益之故陶鑄之迹載於政書存於古器譬諸希臘文化受影響於埃及羅馬藝術溯淵源於希臘而均不失其爲固有文化天平文化之盛亦如此而已正倉院尊藏衣冠服飾武備農工日常器用玩好音樂文房供佛之具其中有自唐傳來者有存於我而佚於彼者有係我工師作者有不能辨內外者珍物羅列煥焉炫目爲天下罕倫之一大寶庫先生聘爲京都大學及東方研究所講師多年以博雅之才耽考古之思屢遊奈良觀瞻

尊藏稽之其國史籍又徵之邦人箸述刻苦研摩遂能成此書若謂鳥毛立女屏風疑歸化唐工所作而箸想則本於其國當時流行之毛裙後又以施於屏風文字人勝爲用有二一以金箔鏤成

人日貼於屏風一剪綵爲之戴於頭鬢此物乃用貼於屏風與唐李商隱人日詩合木畫紫檀棊局凡十九道明胡應麟未見實物僅据唐詩詠棊有十九條平路句疑唐局爲十九道柳子厚記石局十八道可弈非通制今徵於此知胡說不誤雙六局有南北之別此中所陳尙有雙六頭雜六雜玉雙六子其狀如棊子知日本雙六乃南種非北種與洪邁譜雙序亘邃以東或謂與南不殊語足互相證明其辨一事稽一物必有所本不爲架空之說斯書一出知世之考唐代文化者得以爲指針稽天平文化者又得以明其來歷與冶鎔變化之美則其益於學界不特兩國矣直喜學問淺薄於藝術一道毫無知識但與先生交長序文之徵不敢辭爰綴次所見以答雅意云爾

老松閣印譜序

平安桑名鐵城翁精於篆刻名被海內性又好交游自鉅公達官世家豪族以至山林隱逸之士凡餐服風流敦尙翰墨者往來無閒云一日翁來諗曰吾徒有武川君盛次者號六石道人攝之今津人家素富又長大阪某會社每歲所入不貲顧無他嗜好惟喜射與篆刻簿書之暇據几危坐力撫漢印倦則挾弓矢於圃對鵠終日往往忘寢食太孺人壯時以儉治家今老聰明不衰而君事之孝養備至門庭雍穆不聞有閒言今玆昭和二年七月十七日適會太孺人七十生辰君思所以怡親遍求同人各刻壽印編成一册名老松閣印譜將奉堂上以爲稱觴之助請予爲弁一言予聞而歎曰有是哉武川君之賢於人也吾觀今之稱素封富戶者日執牙籌爭錙銖於市場憊精竭神不暫休息利害一反卽父子昆弟亦不能相保然問其所欲不過廣置田宅多蓄姬妾處有粱

肉出有車馬以厭一身之欲焉而已夫貨財之道此得彼失得者夸耀於前失者羨慕於後羨慕不止繼以怨毒張目攘臂欲與爲難而詭激不經之論亦乘釁而起謂貧富有差爭鬩無已天下爲公太平可跂識者已辨其非理而未知此輩有以激成而爲之階也夫射所以正志直體德行於是乎觀君子之事也篆刻之技通於六書以稽先王制作之本學人之業也愉色婉容罔敢有違夙夜兢兢禱天錫壽令享養之日彌永孝子之志也嗚呼君之多財其於世俗之樂何求不得乃棄而不顧專盡力於此三者則其賢於人不亦遠乎予未識君然喜其行足以儆俗也詮次所聞於翁者爲之序

熊本狩野直喜

舊鈔本講周易疏論家義記殘卷跋

舊鈔本講周易疏論家義記（鈔本疏作疏下同）經典釋文禮記釋文殘卷奈良興福寺所藏相傳二書東大寺舊物天祿寛弘間興福寺有僧眞興者淹通釋典尤精因明箸有四種相違義斷略記一卷因明纂要略記一卷後人合編題曰因明相違斷纂私記一時風行紙價爲貴偶東大寺僧欲寫之卽出所藏舊鈔二書裁割卷子顚倒表裏裝作一册迻錄其上是以釋文每葉兩邊失一二行後以眞興故爲興福寺所收傳至今日云夫講周易疏論家義記隋唐二志佐世書目以下未見箸錄實爲天壤間孤本釋文則鈔本之先於刻本者以予所知近年敦煌石室所出僅有周易尚書殘卷

今併之而三亦足以稱驚人祕笈而均埒於眞興書而傳則抱殘守闕彼徒亦不爲間接無功經籍未得以妄割裂舊書爲詬病也釋文予另有校記今專就義記聊發數端

此書存釋乾釋噬嗑釋賁釋咸釋恆釋遯釋睽釋蹇釋解凡九卦而釋咸條題曰講周易疏論家義記釋咸第十知即書名而卷數與撰人名氏則不可得而知矣但見其獨詳於釋乾噬嗑以下則較爲簡略一書之體不應如此疑係節錄非其全本又鈔胥無識文字訛奪無行無之其難讀甚於釋文是可惜也

此書釋義分設科段布置詳整如網在綱有條不紊頗類釋家疏論之體而書中往往用佛經中語孔穎達周易正義序云江南義疏十有餘家皆辭尙虛玄義多浮誕若論住內住外之空就能就所之說斯乃義涉於釋氏非爲教於孔門也夫易道廣大無物不

包兩漢以降老莊於魏晉佛於宋齊梁陳一時風氣所漸學者援二氏說易而易義大亂亦勢所不免今見於此書縱不爲釋家所編其受影響則更不容疑疑沖遠所謂非爲教於孔門者殆斥此類歟

書中所引先儒馬鄭二王韓康伯以外疏論之家凡四曰沈居士案沈居士即沈驎士南齊書高逸傳驎士字雲禎吳興武康人少好學家貧織簾誦書口手不息隱居餘干吳差山講經教授從學者數十百人昇明末詔徵爲奉朝請不就永明六年詔又徵爲太學博士後徵箸作郎太子舍人竝不就箸周易兩繫莊子內篇訓注易經禮記春秋尚書論語孝經喪服老子要略數十卷知其稱居士則以隱居不仕此書所引取周易繫辭訓注與要略也曰劉先生案劉先生即劉瓛其書隋志有周易乾坤義一卷新舊唐志義作義疏

周易繫辭義疏二卷經典釋文叙錄引七錄云劉瓛作繫辭義疏新唐書藝文志云二卷與隋志同隋志又云周易四德例一卷劉瓛撰亡南齊書瓛本傳稱瓛姿狀纖小儒學冠當時京師士子貴游莫不下席受業住在檀橋瓦屋數間上皆穿漏學徒敬慕不敢指斥呼爲青溪焉傳又云今上梁高祖天監元年下詔爲瓛立碑諡曰貞簡先生蓋其人學行爲當時所尊崇故竟陵王子良過瓛墓下詩任昉瓛夫人墓志皆曰先生不名予所見敦煌石室舊鈔孝經義疏庶人章引劉先生說與邢疏同而邢疏則曰劉瓛曰是先生爲瓛之明證矣曰朱仰之案仰之易注唐李鼎祚集解繫辭說卦各擧一則而事蹟不可得而知清馬國翰据經典釋文叙錄易有荀爽等九家集解注云又有張氏朱氏並不詳何人謂朱氏疑即朱仰之然予見宋齊史傳若朱修之朱廣之朱昭之朱選之朱

謙之多有朱其姓而之其名下一字者仰之儻亦宋齊間以虛玄說易之人不應與荀爽等九家並列馬說不可從矣曰僕射卽周弘正官名陳書弘正本傳稱年十歲通老子周易起家梁太學博士時於城西立士林館居以講授聽者傾朝野焉弘正啓武帝周易疑義五十條又釋乾坤二繫高祖受禪授太子詹事太建五年授尚書右僕射弘正特善玄言兼明釋典雖碩學名僧莫不請質疑滯六年卒於官謚曰簡子所箸周易講疏十六卷論語疏十一卷莊子疏八卷老子疏五卷孝經疏兩卷集二十卷行于世釋文敘錄云近代梁褚仲都陳周弘正（原注弘正作老莊義疏官至尚書僕射謚簡子）並作易義此其知名者可見當時治易者仰爲圭臬而論其時代疏家四人弘正最居後焉

正義乾九二孔疏諸儒以爲九二當大蔟之月陽氣發見則九三

爲建辰之月九四爲建午之月九五爲建申之月爲陰氣初殺不宜稱飛龍在天上九爲建戌之月羣陰既盛上九不得言與時偕極於此時陽氣僅存何極之有諸儒此說於理稍乖今見此書釋乾九五云天時爲配位於申在七月夷則之律也南呂南任也陰氣任成諸物也位於酉在八月是坤六五之爻也釋上九云天時而言無射之律也位於戌在九月陰呂應鐘該萬物而新陽種也位亥十月坤上六之爻也由是而推則初九位於子在十一月律中黃鐘九二位於寅在正月律中大蔟九三位於辰在三月律中姑洗九四位於午在五月律中蕤賓均與孔疏所謂諸儒之說合咸卦孔疏先儒皆以上經明天道下經明人事然韓康伯注序卦破此義云夫易六畫成卦三才必備錯綜天人以效變化豈有天道人事偏於上下哉案上經之內明飲食必有訟訟必有衆起是

兼於人事不專天道既不專天道則下經不專人事理則然矣此書釋咸云上經明天道故以乾坤爲首下經明人事故以咸恆爲首可知其仍用先儒舊說韓孔所駁卽此矣序卦孔疏周氏就序卦以六門往攝第一天道門第二人事門第三相因門第四相反門第五相須門第六相病門孔又引韓說云序卦之義不用周氏案周氏卽弘正此書所謂僕射而見其釋賁曰此相反門此書反作返下同釋咸釋恆釋遯均云此人事門它如蹇之相因門解之天道相反門全用弘正六門往攝之說据弘正傳其授尙書右僕射在陳太建五年而先儒諸儒周氏之說爲沖遠所芟除者多收在書中則其成疑在陳隋之間猶不失爲六朝舊帙矣

書中經注文字有與今本不同往往合於釋文若其所謂一本者若乾大象天行健君子以自強不息釋文出自強唐石經初刻彊

後改強注疏閩監毛本則作彊此書作強與釋文合噬嗑九四噬乾胏得金矢利艱貞吉釋文引字林云胏一曰脯也此書亦作脯咸象辭咸亨利貞取女吉釋文出取字注云本亦作娶音同此書作娶均與釋文所謂一本合又有於釋文無徵者若恆亨无咎利王注恆而亨以濟三事也此書引王注以作能繫辭傳象者言乎象者也韓康伯注象總一卦之義也此書義作德是也至所引子夏易傳馬融易注沈劉朱周四家易說亦多前人所未知足以補馬黃孫輯本裨益學者是則其可寶貴亦不特舊鈔之故矣

舊鈔本毛詩殘卷跋

右舊鈔本毛詩唐風蟋蟀至鴇羽凡壹百十三行字體雅遒其爲奈良朝人士手寫無疑今校以唐石經宋小字本相臺本異同甚多不逸枚舉與山井鼎考文所引古本互相對勘亦有合有不合

今不縷載試發數端揚之水白石皓皓此作晧晧毛傳亦同案唐石經初刻作晧後改磨作皓宋以後則無一作晧者不知說文所錄从日不从白廣韻三十二晧亦作晧不作皓顧廣圻因謂釋文當本作晧此本一出足以證顧說之正綢繆今夕何夕見此邂逅此作解覯毛傳亦同案釋文邂本亦作解逅又作覯陳奐云說文無邂字邂逅當依釋文作解覯陳說正與之合杕杜獨行睘睘此睘睘作煢煢案釋文睘本作熒又作煢求營反文選張衡思玄賦注陸雲贈婦詩注引亦作煢煢乃知此本所据即釋文所謂一本授受淵源其可考見凡此三條經文之不同各本者也山有樞且以永日毛傳永引也此作永長也案毛傳於卷耳漢廣常棣文王均以長訓永此獨不然頗爲可怪據正義云且可以永長此日何故弗爲乎言永日者人而無事則長日難度若飲食作樂則忘憂

愁可以永長此日是知正義所据毛傳亦作永長也故連綴二字而爲解耳施之引字無當也宛其死矣他人入室各本無毛傳而此獨有室家入室居其位也八字是殆不可解案正義此一段參參數語或沖遠所据經文無毛傳後世因正義盛行他本亦幷傳文而脫略之歟綢繆子兮子兮如此良人何箋云子兮子兮者斥嫁取者（取同娶）此本無嫁字（慶長活字本亦無）案經但刺取者不刺嫁者故箋下文云子取後陰陽交會之月也正義亦無嫁取者俱刺之說蓋嫁字後世淺人所妄加此本無之於義爲長羔裘羔裘豹袪毛傳袪袂也此本袂下多一末字案釋文袪下云袂末也正義云此解直云袪袂定本云袪袂末與禮合是知此本作袂末與釋文定本同與正義本異案春秋內外傳晉侯使寺人披伐蒲重耳踰垣而走披斬其袪杜預韋昭亦均解袪爲袂然此時重耳見披至倉

皇以身而遁故披唯得斬其袂末而已斬袪二字極形容危機一髮之狀可見此本所解不但與禮合凡此四條傳箋之不同各本者也夫隋唐古經傳之存於我者固爲不少即若足利之藏其資助考鏡裨益學術世所共知然以此比彼長短互見而竟不如此本之佳豈唯千歲古香誇美藝圃已哉此本舊藏山城鳴瀧常樂院今歸東京和田氏頃者借得影印數部以餉內外學者及還之又爲錄考語以明此本之可貴在其因發揮經義未得與大錦繡珠玉僅喜人目者同列而論焉

予已跋此書思燉煌石室遺書中亦有毛詩殘卷（原本今藏法京巴黎國民圖書館）試取對校若綢繆經文邂逅作解觀羔裘毛傳袪袂也作袪袂末也綢繆鄭箋斥嫁取者無嫁字兩書正同可見唐時鈔本往往如此遺書本書體拙陋類童蒙鈔寫譌奪互見年代亦稍後於此

書而長處竟不可沒蓋是仍唐人鈔本勝於宋以後刻本萬萬矣
直喜又記

舊鈔本老子河上公注跋

舊鈔本老子河上公注之見存於我國者以予所見猶有近衛公爵藏本大阪府立圖書館本久原文庫本我友內藤炳卿藏本凡五種我國所傳活字刊本亦據舊鈔而稍改之是以經注文字與宋以後刊本多異此本德經一卷係奈良　聖語藏尊藏按字體殆鎌倉時代所鈔寫比他本較舊校以宋建安虞氏本元纂圖互注本明世德堂本中都四子本崇德書院本異同甚多指不遑屈今不細舉試發數端法本第三十九故貴以賤爲本此本貴下有必字徧用第四十三無有入無間此本入下有於字鑒遠第四十七不出戶知天下不窺牖見天道戶牖下此本幷有以字任德第

四十九德善德信二句此本下皆有矣字貴生第五十人之生動之死地十有三此本動下有皆字二夫何故此本均作夫何故哉爲道第六十二善人之寶此本寶下有也字知難第七十知我者希則我者貴矣此本無下者字（大阪圖書館本有）制惑第七十四吾得執而殺之孰敢此本敢下有矣字天道第七十七孰能有餘以奉天下此本以字在有上唯有道者此本者下有乎字（大阪圖書館本無）任信第七十八是謂社稷主此本主上有之字攷刊本不同鈔本之處則全同世所稱王弼本蓋河上公本與王弼本經文原不相同後世輔嗣義行而河上注漸微遂據王本妄改經文以致兩書混而無別幸有舊鈔足以正刊本之誤然是唯助詞有無莫關大義同異第四十一建德若偷質眞若渝此本若偷作若揄案王弼注偷匹也建德者因物自然不立不施故若偷匹河上公注建設道德

之人若可偷引使空虛也偷引此本亦作揄引蓋王弼本作偷其訓爲匹河上公本作揄其訓爲引說文揄引也韓非子飾邪篇龐援揄兵而南漢書禮樂志神之揄顏師古曰揄引也是其證可見兩家經文不同訓釋亦殊後人無識妄改揄以從王本注亦改爲偷引而河上義更不可問矣淳風第五十七以正治國注以至也天使正身之人使至有國也此本作以正之國注則作之至也案是亦兩家不同本經之例後人已據王本以改河上公本而偏見經文莫可以訓至者乃以以字當之不知唯之字可以訓至以字不可以訓至也案唐景龍刻石作建德若偷景龍景福刻石並作以正治國則河上公本爲王本所亂自唐時已然又案元纂圖互注本中都四子本此處注文均作以者用也言治國則必有政事是則全改注文以就王本可謂僨矣然是我國所傳鈔本盡然莫獨貴乎此書法本第三十九侯王得一以天下爲正注言侯王得一故能爲天下平正此本正作貞王念孫

云王弼本作貞河上公本作正今見此本知王說未必然蓋自宋刻避帝諱改貞作正我國往古搢紳逢掖之徒誤謂刊本優於鈔本亦從而改之是鈔本所以多作正此本不然尤足貴重三寶第六十七夫我有三寶持而寶之刊本鈔本幷同而此本實獨作保大阪圖書館本羣書治要本同攷宋范應元老子古本集注云古本與韓非傅奕幷作持而寶之不言及河上公本且注明言老子言我有三寶抱持而保倚抱持以解經文持字保倚以解保字則其作持而保之莫須多辨今本之同王本則由後人妄改非河上舊本凡如此類可據此本以證也至注文其足以融釋疑滯釐正訛謬者什倍本經予別錄有校語今不復贅焉

唐鈔本文選注殘卷跋

右唐鈔本文選某氏注敦煌千佛洞所出今藏於蘇聯共和國學

士院謝靈運述祖德詩至曹子建上責躬應詔詩表馳心輦轂一句凡一百七十九行（注雙行算一行）字體蒼潤類初唐人筆迹檢書中帝諱淵世民顯字闕筆而隆基字則不然則知其成在玄宗以前矣此書鈔寫時代略明而本文源流與注家爲何人則不可得而知

今唯舉其可考者數事

一曰卷數案文選昭明原本三十卷至李善作注析爲六十卷（本邦所傳文選集注推卷數百二十倍李注知書中分類自有所定不得妄意分析）與善同時有公孫羅者注文選亦六十卷舊唐書儒林傳李善上注書表新舊唐志可證據善注本書中張茂先勵志詩在卷十九之尾曹子建表文列卷二十之首今此書張詩與曹文相接連同爲一卷則疑非六十卷本此卷數之可考者也夫梁陳以來學者講文選者隋有蕭該一人至唐初其學大興箸述亦夥舊唐書儒林傳曹憲仕隋爲祕書學

士貞觀中太宗徵爲弘文館學士以年老不仕所撰文選音義甚爲當時所重初江淮之間爲文選學者本之於憲又有許淹李善公孫羅復相繼以文選教授由是其學大興今据新舊唐志我國本朝見在書目錄憲及其徒所撰述憲有文選音義（新唐志云卷亡見在書目錄作十三卷）善有文選注六十卷文選辨惑十卷文選音義十卷羅有文選注六十卷（本朝見在目箸錄公孫羅文選鈔六十九卷蓋鈔本卷大者往往析之書目並數分卷以致九卷之多非二本）有文選音十卷（文選音與音決恐是一書）釋道淹有文選音義十卷許淹有文選音義十卷（舊唐書儒林傳許淹少出家爲僧後又還俗博學洽聞尤精訓詁撰文選音十卷道淹許淹恐是一人舊唐志本朝見在書目有音義而無音新唐志有音而無音義可證）康安國有注駁文選異義二十卷又有無名氏文選鈔三十卷此書由鈔寫時代而推之殆不出以上所錄範圍但有義無音卷數亦異憾不能以曹許公孫諸人當之耳

二日本文異同文選舊注之存於今者唯李善五臣五臣上於開元六年疑在此書成後然可採勘文字異同今見此書與李善注本合者十八九與五臣注本合或與兩書均不合者十一二今臚列於下以資參覈

一此書與李善注本合者

諷諫

諷諫一首四言幷序

韋孟詩題目六臣注本（凡六臣注本言某字善本作某者其本文稱六臣注本言某字五臣作某者稱五臣注本下放之）作諷諫詩此書與李善注本均無詩字又六臣或無一首二字四言幷序作幷序四言

孟爲元王傅傅子夷王孫王戊　作詩諷諫曰

六臣注本不重傅字此書與李善本均有兩傅字六臣注本諷

諫下無曰字此書有與李善注本同

非繇王室

李善注本同六臣注本繇作由

阨此嫚秦

李善注本同五臣注本阨作阸

垂烈于後

李善注本同六臣注本于作於

是放是驅

李善注本同五臣注本是放作田獵

追欲從逸

李善注本從作縱縱從義通五臣注本作樂

秦繆以覇

李善注本同五臣注本繆作穆

勵志

日與月與

李善注本同六臣注本與作歟

先民有作

李善注本同五臣注本民作人

出般于遊

李善注本同五臣注本般作盤李善注本出作田（据胡刻文選）蓋字之誤也

蒱盧縈繳

李善注本同五臣注本作蒲蘆

載瀾載淸

李善注本同五臣注本載瀾作載潤

川廣自源

李善注本同五臣注本自作其

二此書與五臣注本合者

剋奉厥緒

五臣注本同李善注本緒作次但剋字二本均作克

殆其怙玆

五臣注本亦作怙玆與漢書本傳合葢玆字下與思協韻李善
注本誤倒作玆怙非是

三此書與李善注本五臣注本均不合者

展季救魯民

李善五臣二注本魯民均作魯人梁章鉅曰勵志故絕人與上

魯人韻複文選旁證卷十九不知此書作魯民韻固不複也

委講輟道論

李善五臣二注本輟均作綴此書作輟與本集合於義爲長說詳後

昔靡不練

李善注本五臣注本昔均作時善注曰時是也此書作昔與漢書本傳合師古曰言往昔之事皆在王心無不閱也此書注曰王不可不練知前昔王之用賢臣以興國救顚危者其義略同

據前所標出可知此書非李善非五臣別是一本源流不同矣

三曰注書檢注頗與李善五臣相類唐李匡乂資暇集稱五臣所注盡從李氏注中出開元中進表反非斥李氏無乃欺心與可知五臣注乃竊李氏而成此書注類李氏所以又類五臣而間有岐異今姑擧其一二謝靈運述祖德詩展季救魯民李善唯引列女傳柳下

惠妻誄辭此書注則曰依書傳柳季無救魯民之文其兄展喜春秋僖公時卻齊師疑爲季也雖不異善注更爲詳審弦高犒晉軍李善引呂氏春秋讀晉爲瞀謂卽國名今爲晉字之誤也晉師與秦軍相對成文以晉師爲候視瞀國之師義不可通此書注則曰弦高以牛十二頭犒秦師無犒晉師之文此亦爲誤直斥其失不事回護顧炎武嘗譏謝詩改秦爲晉以避下秦字爲文人輕改古事之例（日知錄卷二十一）而未知此論已由唐人發之矣委講輟道論李善五臣注本輟作綴五臣注翰曰言玄委棄講藝與玉義之隱於會稽之山以綴道論後出爲將軍破苻堅案晉世士大夫崇尚虛玄好談名理講藝道論要非二途今言委棄講藝以綴道論其語不倫此書作輟於義爲長謂廢講藝與道論出拯國難也（此書注云輟止卽輟止之誤寫案李白古詩寂寞綴道論空簾閉幽情蓋亦用李善本）又李善五臣均以此詩專爲

靈運祖玄而發而晉書謝玄本傳不載其與王羲之隱於會稽之事梁章鉅曰玄病篤上疏有從臣亡叔退身東山以道養壽之語前後表十餘上久之乃轉授散騎常侍左將軍會稽內史輿疾之郡十三年卒于官無委棄講論歸隱之事注所云者牽合謝安傳以致舛誤也（文選旁證卷十九）不知此書注曰謂靈運之叔祖安與王羲之友同隱在會稽山出晉爲苻堅於淮左（案爲下有脫字）蓋以詩美玄兼及安而委講一句乃專斥安苟如此解意義明白無復煩章鉅駁正可知此注較之李善五臣得失互見而佳處自不可廢矣此注引古書亦多見於善注而又有善注未載者如述祖德詩注引丘淵之新集錄即新舊唐志所錄丘深之義熙以來雜集目錄三卷淵之深之殆是一人此書淵字闕筆而顧唐時又有改書深者兩唐志作深之乃因宋刻未經改正故致此誤耳韋孟諷諫詩岌岌

其國注引鄧曰其人未考（石濱學士謂鄧即文選集注所引鄧展然胡刻文選李善注載鄧說其文不同）故姑闕疑　自二十餘年前斯塔因伯希和二人發敦煌石室之祕隋唐舊鈔始出西土即文選一書以予所寓目亦猶有數種然概皆李善五臣二注本此書亦得於敦煌而內容則異殆宋以來學者所未見未聞可謂驚人祕笈天壤閒孤本而已

宋朝名賢五百家播芳大全文粹殘卷跋

右宋朝名賢五百家播芳大全文粹殘卷吾友今西君得之朝鮮京城書肆檢板式字樣似是元刊本（或疑爲仿元韓本然麗鮮王諱均不闕筆明非韓本）但卷一上尾書名宋朝作聖宋則猶聖宋文海之例宋槧原如此元刻偶忘刓改耳予已於君許觀之歸而徧閱明清人書目寧波范氏天一閣箸錄此書乃鈔本非刊本朱竹坨文粹跋稱歸田後見江浙儲藏家閒有之類皆鈔寫丙戌三月留徐學使章仲花谿別

業觀宋槧本始快于心若風庭之葉掃盡而老眼豁也曝書亭集卷五十二案章仲乾學子炯字傳是樓書目箸錄宋本文粹乃竹坨所見者夫天一閣藏書之富當時稱爲浙東第一而僅存鈔本竹坨博洽於書無不窺乃一見宋槧詫爲希世之珍可知明中葉以後此書刊本已無多矣至勝朝則無論乾隆四庫之錄出自鈔本即近世儲藏之家若張金吾愛日精廬陸心源皕宋樓瞿鏞鐵琴銅劍樓丁丙八千卷樓朱學勤結一廬以至今人繆荃孫藝風堂均錄此書亦只鈔本蓋百數十年來彼土絕無刊本而此書則竹坨之所猶不見可謂集部中驚人祕笈未得以鑒簡零墨輕之也今西君潛心朝鮮史事箸述極富又屢遊督府幕裏任編纂予爲跋此書因告君雞林接壤漢土交通尤早政教文物皆取軌於彼則古書之存者此外尚多幸留意勿失之眉睫云

覆元槧古今雜劇三十種跋

元槧古今雜劇三十種無卷數不知編者名氏舊藏黃蕘圃士禮居前年有人從吳門購回今歸我友羅君叄事檢所裝書匣面刻蕘圃手題書名且署曰乙編蕘圃富藏儲分宋元本爲甲乙二類非此書別有甲編也案明萬曆中吳興臧晉叔多貯元人祕本雜劇又從劉延伯借所錄御戲監本二百五十種叄伍校定擇其佳者一百種名曰元曲選刻傳於世自來百種以外元曲之存者無幾後人或疑其師心取捨未免採碔砆而遺珠玉今見此書臧選不載者凡十七種即如關漢卿佳人拜月亭王伯成李太白貶夜郎宮天挺嚴子陵垂釣七里灘諸雜劇勁切雄麗足爲絕唱元人本色於斯可窺凡如此類散佚已久不料乃當我世而出豈非藝林快事且就此書臧選均載者而論其異同之處亦足以資考鏡

今不縷述聊發數端雜劇體例概用四折法律一定不得變易乃臧選紀君祥趙氏孤兒楔子以外獨有五折今見此書亦唯四折一不同也臧選序云或以謂元曲賓白演劇時伶人自爲之故多鄙俚蹈襲之語此書唯正末正旦有白不錄其餘然以此與臧選相較異同甚多卽如老生兒正末劉禹字天錫臧選作劉從善其姪劉端則又作劉引孫名字猶然何況諸餘是知晉叔之言未必無徵二不同也有兩書均載而曲名已同曲文則異者如楚昭王疎者下船（臧選昭王作昭公）殆疑出二手三不同也有曲數不同臧選錄而此則不然者參差不齊詳略互見四不同也至曲中字句之異同則滿幅皆是無邉指數蓋此書本以供聽劇者把玩猶今世七字唱本之類是以訛字別字每行數見固不能据爲的本然傳世元劇得此驟增十有七種卽臧選已收者得此亦足以比勘字句

辨正音釋則其於讀曲豈言無小補夫雜劇一道要在娛俗唯取易解不務修辭是以豔曲曼聲已異雅頌街談巷語又傷鄙陋然人之嗜音乃出天性古樂今樂其用則同是知元美巵言不廢北絃南板之說里堂籥錄乃有移情豁趣之論文士經生不以致遠恐泥爲嫌元曲宋詞應與唐詩漢文幷列爰請本學覆刻傳世以存元代文獻焉此役羅君自任董理得力殊多併錄以表謝忱大正甲寅三月狩野直喜書於京都文科大學支那文學研究室

京都大學文學部景印唐鈔本第一集跋

明治辛亥清廷板蕩干戈搶攘我友羅君叔言携眷東渡築室京都東山下閒居無事乃獲大展力於學其所述作足以傳後世君又憾往年黎蒓齋所刻古逸叢書概收宋元舊槧而不及唐鈔本挂漏猶多因借得古刹世家之藏景印尚書史記文選數種其嘉

惠學者功不在蕤齋下也大正己未君將回國悲其業中廢託炳卿博士暨余鬻其田宅舉所獲捐於京都大學充印書資大學因有景印古書之舉是其第一集也玆記緣起且坿載君書於後以見其高義亮節卓越時俗而稽古樂善之志窮而不少衰尤可敬重云狩野直喜記

畫圖讃文跋

天平寫經之流傳人間者賞鑑家視如拱璧兼金爭購殊不知當時命工人寫之雖筆法謹密終病平俗至風神奕奕浮動於楮墨之表者亦唯一代風氣令然然而書之工拙不與焉此卷舊藏于東大寺後千有餘年歸御影豪族白鶴嘉納君按楷法前半用筆端勁後半則稍雜娬媚娟麗之態乃知其於右軍聖教序得力尤深殆非庸工之所能辦萬一也或謂此係李唐名流手抄果然其

可寶更何如乎嘉納君夙耽墨妙名迹滿架今又獲之喜不自禁將刷印玻璃版以餮海內好事者之需夫天下至寶不因緘藏而增光而世俗或愛惜之不肯示人由是觀之君之此舉其過於人遠矣此書題云畫圖讃文卷第二十七其中所載淨住子淨行法文及頌我友內藤炳卿得之於齊竟陵王王寧朔各集錄有攷語是以不論論其書法且述印行緣起如此明治庚戌立秋熊本狩野直喜

澤庵全集跋代細川侯

予祖妙解公與澤庵禪師善北面問法禮敬不倦在國之日又屢移書質疑行政用人以至兵陣武技之要多取資於此今禪師尺牘傳於家者七十餘通讀之知其學博通莫所施而不可矣此編題曰全集意在網羅禪師遺書故箸述以外另立尺牘一門以見

予印書之有緣又以見昔賢援翰箸書普砭藥世俗不主於一人而尺牘則應機說法因材而篤尤足徵道味之腴與教誘之切焉印書之役某博士主任編摩而某某諸君亦均有將伯之助併記以表謝忱昭和四年冬十一月

書退帚遺稿後

退帚遺稿三卷內村君退帚居士所箸也所收凡四類曰表牋曰古文曰諭告牌示曰禪語詩偈自昌黎有起衰之說我邦儒先專講古文至於駢體棄而不顧君則兼工之所作屏徐庾之浮辭守燕許之氣格典贍壯麗龍翥而鳳舞金聲而玉振或丼草三通鈎章勒句互出新意不相蹈襲可以見詞藻之侈腹笥之富矣諭告牌示於文爲別體邦儒所不多習象胥所不能辦而君又兼工之嘗聞代大山總司令官小山軍政官作諭滿洲士民文義正詞嚴

情理兼至辨順逆明利害使反側之徒傚而知所嚮父老傳誦咸歎爲幕府有人云夫君學問之博文筆之健如此而今見此集無論二體卽古文之篇亦多代人之作類俚語所謂貧婦爲人製嫁衣裳者可悲也已顧君初欲以所學奮於事業中年以後見志不行屛跡東山深耽禪悅不復與世務建仁默雷和尚其所師事嘗戲語曰使女無髮吾應以爲法嗣精詣如此則區區文字之傳與不傳恐非所甚介意而家人故舊之相謀付梓不使平生心血所注埋沒篋底固出於至情不得止君而有知其亦含笑於九泉乎某與君交久屢聽緒論多受教益刊成喜不自禁書此以代跋語

昭和庚辰九月

君山文卷四

熊本狩野直喜

鄉賢帖跋

直喜嘗讀松崎慊堂先生與人書稱肥後多人材學術之盛比於上國有加莫不逮焉先生經業彪炳文辭典贍海內仰爲儒宗碩學鉅匠多萃於其門而獨於鄉人推許如此何哉私謂先生早歲辭親誤觸關禁生不得歸養死不得奔喪至筮仕掛川致身通顯思慕哀怛未能一日忘懷於故國是以論人之際亦不覺爲溢美之辭乎直喜初異之旣稽其年譜先生生於明和辛卯上距藩學時習館創立十有七年矣時賢侯在位勵精圖治而學館爲儲才之地幹濟練達之任師儒顧問之選以至弓馬刀槍曆算方技之流莫不出於此我藩得人於斯爲盛而詩書之澤遍於封內三家

之村猶聞絃誦之聲顧先生以佃戶之子幼學村塾發憤立志負笈江戶遂爲大儒雖有天資踰於人原觀感所由未必不一時風氣使然可見賢侯教澤所被遠且大而先生多人材之語不爲侈矣紫藤博士好蒐集鄉賢墨蹟裝潢爲册所收凡一百廿六家而寶曆明和安永間人居多夫封建之世士尙勇武弓馬爲業其學則内以修身外以致用空詞浮文其所不屑爲況於區區翰墨之末乎然今見於此册雖體制不同雅俗迭見而概質直樸茂書卷之氣溢於行閒前輩風懷尤不可及也昔者晉作三軍謀元帥趙衰薦郤縠稱其說禮樂而敦詩書夫詩書禮樂文也軍旅之事質也文質彬彬是所以貴於君子見其書而思其人欽慕彌切而於我鄉古今人心風俗之變有深慨焉

書慊堂先生首春雜述詩後

右七絕題曰首春雜述吾鄉松崎慊堂先生在掛川所作也先生早歲去國誤觸法網至學成祿仕致身通顯父母已沒不得一歸展墓憂思鬱結常有信美非吾土之歎故其發於歌詠者如此今年春予回鄉與諸友訪先生舊廬因見其與姉書言不能歸田之故哀痛凄惻不堪卒讀尤與此詩意相發明可見先生至性過人至堅持寡婦不再適之說婉拒藩聘不以情害義高風亮節卓越一世則其人可尚不特經學文章也此行高森學士爲東道學士益城人與先生同郡故因其求字書以應之又記其緣起如此

書迻錄王父素醉府君課卷後

先王父少學於藩學時習館爲居寮生三年與片山木下諸先生友善以親老嗣家仕爲近侍夙夜在公學業中廢直喜趨庭之日常語以爲憾回顧五十年言猶在耳不忘也此文乃其在館應課

之作我友古城坦堂語直喜新美君家藏居寮生文稾若干篇裝潢爲卷嘗於其中見之直喜聞之心癢而未請也比者君割截相贈且屬別迻錄一篇以便補空直喜欣躍不敢不從夫王父文字雖則少年之作在其子孫珍同拱璧凡是厚賜其何以報之茲記緣由於篇後以志謝忱云爾昭和六年春日孫直喜敬記

書井上梧陰先生書牘後

右井上梧陰先生致元田侍講書牘三通一言議院法餘言條約改正二先生俱吾鄉人明治之初以儒術膴仕於
朝迭歷顯要或練達朝章草定國憲或常侍
典學啓沃
君德雖所處各殊蓋臣之誼憂國之忱未嘗不同其鴻規嘉猷世至今稱之然憾尙有一二遺事不傳當改正條約議起天下之勢

岌岌矣閣臣主之者急於成功務以我就彼卽使之見於施行傷
國體而禍民生我之變爲埃及爲緬甸安南正未可料今見此書
憂痛慘怛勢迫情切殆忘寢饋而其所以待於侍講意可知焉耳
嗚呼當時上有
聖天子下有正議幸得中止無事然微二先生居中匡救將倒之
狂瀾安能轉環如斯則是書之可貴重不特鄉賢墨迹之故矣書
今歸高橋知事知事亦鄉人獲此珍蹤拱璧以直喜幼列梧陰門
下乞書其後直喜聞之鄉先輩某丈時外間喧傳條約案已上
御批有日急走謁侍講質之侍講曰案卽經
御批猶有
鈐璽一事予久仕
宮中知

國璽所在必能以死護之莫令外人犯焉語畢慨然不類平生沖粹氣象竊歎以爲仁者之勇矣是亦足與書相發明故附載於此以弘遺聞大正丙寅秋八月狩野直喜謹跋

書鄭公蘇戡詩後

昭和戊辰鄭公蘇戡游歷我國公時從亡在津其來行李蕭然國人多不知姓名者直喜屢訪諸客舍痛論時事譏評詩文相得懽甚旁侍一人卽長子垂小序所言大八也垂年少負氣卓犖不羣曾識其人今又與之語心私慶公有後也公歸未數年滿洲事起
皇帝卽位新京公爲宰相今年春奉旨來聘修交我國　朝廷待以國賓儀衞森嚴騶從如雲所遇縣邑供張甚盛士女擁途爭欲見其面視於前度旅況冷熱之相距不啻霄壤矣嗚呼大丈夫不以成敗寵辱變其志今日之榮於公乎何有但一事不能忘於懷

者昔來垂在今來垂亡其觸景生情發於吟詠固無足怪抑予聞之公已任端揆建國伊始政務煩劇而垂爲記室參畫不辭勞苦公亦倚如左右手則其悲之不特出於天倫至情未得擬以西河之哭也此詩予得之公從者雖書用洋紙墨汁瘦硬飛動不遜於平生所作殊可寶貴我友某博士素好公書卽以相贈及裝潢成又爲注其詩如此

書王靜安追弔會人名簿後

王忠慤公學問淵博踐履篤實遭世迍邅矢志靡貳比因戰禍紛起中原糜爛其勢洶洶將不利故主憂憤滿胷遂投昆明而死忠烈與靈均後先輝映而湖山亦藉增光矣予等與公或交游有素或讀其書而思其人爰接噩耗莫不哀傷乃擇於本日設位京都東山之袋中菴哭之又延法隆寺貫主胤公虔修祭事以祈冥福

顧十餘年前公嘗寓此地而東山則其所行吟遊息神庶來格享斯薦事乎與是會者凡五十一人乃書名姓於記念帖送致其家以見忠臣義士爲天下公同至寶人人得而貴重之未可限以國内外也

書山崎博士古稀祝賀册後

昭和辛巳某月某日爲山崎默堂先生縣弧之辰時年七十矣先是故舊門人相謀結祝賀記念會思所以壽先生若乞於畫家十八人人製吉祥圖裝潢成册以獻先生斯其一也古稱人生六十下壽八十中壽百上壽或曰八十下壽百中壽百二十上壽即使得上壽動植之生或多踰於此故君子有學術之茂有事業之盛而壽足以配之爲可貴耳先生醫學大家初聘赴熊本中徙名古屋後復還熊本以至告老前後四十年教育士子桃李滿門診治

婦病躋於壽域者無知算數其長於愛知醫學專門學校則學校升而爲大學長於熊本醫科大學則縣學改而爲國學二學今日之盛先生幹濟之功居多焉語曰天道福善可見先生壽考乃得於天而君子難老之頌先生當之無恥矣抑某又有進焉先生氣體剛健雖既家居杜門箸書矻矻窮歳精力之旺用功之勤不遜於壯時然記不云乎一張一弛文武之道逸豫固非葆壽之法勤勞踰度又爲損形之累顧先生博雅尤好書畫若夫花晨月夕燕居多暇展册而觀之其必有悠然自適移情豁趣其樂不可得而言者其於養性未爲無小補苟如此天壽所至其不可測鮐背鯢齒耄而期頤豈足言哉某荷交先生久文字之求不敢辭妄述所思以代跋語

物庵八景圖卷跋

吾友物庵博士卜居府城東北鴨河之上遠望叡山近接糺林宜於花宜於月雨奇晴好氣象萬千凡可以熙情娛目者雜然集於衽席之上君顧而樂之乃就傍近勝概選得八景曰悲田院址曰石泉彈琴曰東山煙雨曰長堤明月曰古刹魚板曰神苑老樹曰隣居怪石曰夕陽歸牛求富田溪仙圖之閱數月而成擺脫凡俗洗滌藻繢風格淸奇殆非尋常畫手所企及於是君喜甚以予與二君交善屬書其後夫天地之大無物不包岳之峙川之流上而日月星辰風雲霜露下而禽獸蟲魚艸木金石其所以垂象變化蠢動亭毒於兩間造物者無意爲之而人詑以爲景詠於歌詩傳於圖畫乃出興會之自然非可以爲惑獨怪君居占形勝地饒美景使之數而至十而百而千宜無所窮顧汲汲於此數者何也至其所以名景則亦有吾斯之未能信者何以言之悲田院址址也

非景隣居怪石乃商估所居居讀如奇貨可居之居今日賣一石明日賣一石貿遷無常何以爲景自足利氏之季搢紳學士緇素丹靑之流艷慕唐山瀟湘八景好事者遂加之吾土於是近江有八景寧樂又有八景乃至侯伯別墅梵刹園亭亦多以此名者今見君所爲得無漫沿此例以致比擬失倫乎或曰物庵精佛理數景用八出於法相八識法華八卷或曰物庵學主格物而不物於物爲中自有千百景其所稱八景蓋託焉云爾若以物實之恐爲其所笑予章句儒未足以知之姑質所疑以代跋語幷示溪仙溪仙亦雅尙禪寂者平生好蓄僧仙崖畫暇則焚香獨坐披翫不止世稱其所作多逸氣以之也

書涉園圖卷後

予聞海鹽張菊生先生名久矣而未得見也今年秋先生來游斯

土采訪古書介我友長尾雨山贈涉園叢刻前後編且出涉園圖卷屬書其後予受而觀之竊嘆張氏文學之盛又有感於先德堂構之美與後人繼述之勤焉夫國運有汚隆家亦何嘗不然予見夫位躋將相富貴薰赫者往往好營土木樓閣軒敞雕欄繡檻園池之勝冠絕一時而子孫往往不善於纂承曾不數十年漸且衰敗甚則欲求舊時鍾鳴鼎食賓客過從之迹風流泯滅亦不可得而知矣獨涉園則不然以予所聞園創於明萬曆之季成於康熙中螺浮先生時爾來三百年子孫相繼葺治不怠雖中經髮匪兵戈之厄半歸廢毀而地不易主老屋數楹修竹千竿奇巖怪石尙多存者若出資完繕不難於興復而張氏篤守祖訓世有潛德至先生早歲擢科第經明行修今則蔚爲東南名士聲譽遠及海內外卽邦人之游禹域者亦莫不願見先生與締交可知詩書之澤

歷久而未斬觀家之光不特故宅喬木矣予學術謭陋尤拙文辭
然竊喜載名於乾嘉諸公之後有餘榮焉故不辭而書之

君山文卷五

熊本狩野直喜

顯忠府記

昭和三年我有事於濟南六年於滿洲七年於上海我將士等死乎陳乎創病者前後數千人

皇上愍之使有司新營

天府藏其名籍照像衣帽軍械凡足以徵忠烈者盡備名曰顯忠

府

敕載仁親王書額臣聞周易垂以律之戒楚莊繹止戈之義禁殘除暴推亡固存是仁者所以無敵而邦乃其昌雖古今殊勢其揆

一矣欽惟

天皇陛下聖神文武好生之仁涵煦黎元善鄰之德光被寰寓荷

有礙之者征伐不肆名正事順以直討曲威如雷霆戰莫不捷神功偉烈震燿一世譬諸天有肅殺萬物以成殄兇懲頑非務遠略安民保境藉求和平於是乎見矣夫我國人忠義天性勇武成俗一旦有緩急踊躍從軍視死如歸亦唯殞命鋒鏑以效臣子至誠云爾安有一毫徼報之念而

皇恩優渥褒飾矜卹無所不至今又記名存像以顯厥忠可謂死有餘榮矣於戯君臣之分與天地準情如父子忠孝一本是我

國體精華其卓越宇內豈不懿哉昭和十年十一月帝國學士院會員京都帝國大學名譽教授從三位勳二等臣狩野直喜奉

敕謹撰

記先師篁村先生遺訓

大正甲寅八月二十七日值先師篁村先生十七回忌辰越十一

月朔及門之士第二高等學校長三好君等相謀修祭事於仙臺熹亦自京都往會既徹俎豆團坐談先師遺事感愴淚下見燭跋而始散以下乃當時口述之語錄呈哲嗣青石先生以應其需云

先師少時立志之堅讀書之苦覃經之精味道之腴天下所共知無庸門人小子稱述顧熹自明治壬辰入大學以至先師夢奠之年奉教函丈久矣熹之愚陋得稍曉文字行已免於罪戾先師之賜也今先師棄直熹十有七年肅拜遺象恭繹嘉訓感自中來不可遏抑謹詮次一二以志不忘焉

先師居常論諸生循循有規矩不爲奇矯可喜之論忽而聽之或疑其失於平易久而思之則旨意剴切有終生受用不盡者憶歲次乙未大考期迫先師一日講畢顧熹曰汝設畢業亦將做官乎夫通經以致用學優而仕吾不汝禁吾所望於汝自今以往一日

有一刻之閑此汝讀書之地愼勿以公事之劇輒廢舊功耳喜唯唯而退然當時未識師訓之終不易守也今喜承乏敎職其便於讀書自修非尋常仕途可比然出有授士子之勞入有妻孥之累人事之應酬亦閱年而彌增加之氣體羸弱偶失其養則伏枕數日自驗近年之用功竟遜於少壯時光陰倏忽年望五旬平生懷抱百不酬一於是始悟一日不廢讀書之似易而實難嗚呼先師之訓厥旨遠矣

喜既畢業大學尙留都下稟性多病又苦於藥餌之資親朋交勸以地方官學講席喜心動欲就而決之一日造謁先師乃引喜於座講說經史娓娓不倦殆不能語及他事既而曰某縣欲聘汝補漢文敎員囑吾薦擧吾謂汝方銳意向學僻邑乏書又寡師友非汝宜就之地吾已辭謝之汝其益奮勵以期大成貧賤非所問也

喜憮然且喜且媿喜者喜先師愛喜之深也媿者媿立志不堅俄求安飽也從是不復爲出都之計後五年而有留學淸國之命嗚呼先師之期於喜如此其殷而喜也不敏業弗加進行弗加修以至今日中夜捫心能不耿耿記之不但明師訓又所以自勗也

佐佐先生胃象記

先生諱友房幼名坤次佐佐氏字亮卿鵬洲克堂其號肥後熊本人也家世事細川侯先生年甫十五當明治中興之際稍長見政府所爲急於變法而每遭外國交涉務自卑遜尤與先是尊攘之旨不符至征韓議中廢意益不謂然十年西鄉隆盛擧兵聲言除君側之奸進圍熊本鎭臺先生謂機不可失與同志謀應之攻戰七月軍敗見執處懲役十年後以創重得赦回鄉時熊本新經兵燹百物蕩盡學校不修絃誦聲微先生大息告人曰我邑古稱人

文之區而此役父老子弟之從軍殞命者甚多繼往啓來責在我輩乃倡設同心學舍十二年十二月也後改曰同心學校生徒稍進自西鄉死海內益無事而自由民權之論起所言詭激失中究其旨多傷國體而壞倫紀先生憂之與有志謀創紫溟會以與之抗以爲邪說橫行由學術不明乃就同心學校宏其規模擴其課程又多延名師改名濟濟黌擇於十五年二月紀元之節擧開校典禮至是面目一變生徒滿堂遠縣亦有遣子弟入學者時國家設大中小學學制備矣然拘守西法不知變通其所重專在智育蓋列國正以智力相雄長勢不得不然然準以古人明體達用之學則有閒焉先生非之立三綱領以明我黌宗旨曰正倫理明大義曰重廉耻振元氣曰磨智識進文明常謂末一條官學能辦之至前二條則我黌不多讓焉又謂方今之學患在造器而不造人

蓋有之矣我未之見也當是時濟濟黌之名播聞於海內明年五
月廿一日
九重有命賜內帑金褒之後數年文部大臣森公視學至熊本還
奏濟濟黌訓育有方他日必能造就人才庶幾不負
陛下恩賚先生聞之感激遍諭生徒彌圖報効先生在黌舍與生
徒共起居其誘掖之從性所近不局以一途曰某也可使從政事
某也可使當兵事某也師儒文學之選某也報館筆政之任其餘
量才指示使得趨向見資斧難辦者代爲籌畫不辭煩勞別後猶
送書勸勉以期底於成夙思清韓與我關繫緊密設兩國語科選
生徒學習且勸遊歷以覘形勢至征清役起各効其用如先生所
料云先生歿二十五年門下士相謀鑄胷象建於校庭以志師恩
使直喜作文記之直喜學識謭陋不足以盡先生德業之萬分唯

以幼列門下受其奬拔誼不敢辭顧先生以明治廿二年去黌後恆選爲代議士其協贊　大政而黼黻國猷者烜赫在世耳目是以不記記與學育才崖略刻於象下俾凡學於斯者有矜式焉

內藤先生銅象記

先生姓內藤氏諱仲道以儀十郎行熊本人家世事細川侯考諱仲辰無子養同藩赤尾嘉平子爲嗣卽先生也先生幼知讀書通大義少長食餼藩學潛研經史旁精武技明治紀元成山公子往京師擇藩子弟有才幹者自從先生與焉十年鹿兒島事起吾鄉之士多應之推池邊氏爲帥先生亦從軍敗見捕幽於東京市谷獄四年會赦還鄉當是時佐佐克堂先生開濟濟黌招徠士子延先生講經兼襄教務自是不復言政事先生之志一變矣居數年先生謂大學之敎身家爲本身脩家齊多資內助婦學亦可緩乎

乃謀另設校舍名曰附屬女學校因長之廿一年四月也後分爲尙絅女學校陞爲尙絅高等女學校屢更名號而先生則寢饋其中凡二十四年視之如家常惡近世子女浮華之習以爲婦德與婦功相待爲用徒騖知見長其倨傲非所以爲教課讀之外尤用意鍼黹命女師創裁縫教授法事半而功倍海內婦學爭效之先生美鬚髯氣象安舒講經時用俚語雜以詼諧聽者初疑平易近俗無高遠之論退而思之至理切當竟不可易訓生徒極嚴有小過不稍寬假辭微而意厲然及其自改不復介於懷是以皆敬而慕之平生無佗嗜好暇則勞作以爲適一日天雨刈桑於圃斂衣徒跣手巾裹面狀類僕隸有客來觀學者問校長安在先生脫巾笑曰予乃校長也入引之坐客大驚其坦易不拘於物又能儉勤率衆如此四十四年校組織財團而先生亦老乃辭職仍爲校主

關心婦學終生不衰大正二年官錄上其功　賜藍綬褒章帝國教育會縣教育會亦前後贈書幣功牌表飾之先生以八年八月十三日歿距生於弘化四年五月二十日壽七十三後四年同窓會相謀立銅象於校庭以記師恩以書來求文直喜不敢辭乃書其行略與之使凡學於斯者有仰焉

上田君銅象記

上田仙太郎君銅象朝倉氏所塑造君熊本人弱冠學於東京獨逸協會學校既思露國東漸之勢成我將多事旁治露語遂往尼港橫斷西比利亞凡二月而達露都遂入大學法科刻苦業成明治三十八年任爲通譯生終大使館參事官君內剛而外柔口訥而心細久居露國精通民情土俗又善與其人交外務僚屬報館主筆概同學之徒每逢交涉案件能得機微以便解決日露之役

亂敵後弱其力亦其所獻策凡功至大而不自居澹如也昭和十年乞老官猶待以囑託越六年而歿年七十三不娶無子以甥爲嗣昭和十九年三月友人狩野直喜撰

孺人泉氏畫象記

孺人姓泉氏諱萬壽考諱信順通稱靖左衛門丹後加佐郡岡田村人靖左衛門君娶布田氏無子養村人橋垣某子諱爲長爲嗣配以長女卽孺人也孺人性淑慧幼以孝謹聞已結褵益自虔恭屛華飾持儉素凡米鹽井臼以至針紉漱澣之事拮据操作不以爲勞每日所出入記有帳簿尺布寸縷必珍必重然貴氣誼鄰里戚黨之窮乏者存卹唯恐不贍門庭肅雍人無閒言凡生四男一女曰吉太郎曰淸藏曰彌壽藏曰留藏女未笄先沒孺人撫育諸子慈愛無所不至而內實儼恪苟有小過不毫寬假勗以立德修

行勿忝所生孺人生以安政六年某月日沒於大正紀元十一月廿八日享年五十四後五年淸藏君感循陔之不遑安心痛蓼莪之不得終養命工畫孺人象將日夕瞻禮以慰永慕又俾後世子孫知積德所本求予記之昔丁蘭少喪考妣不及供養乃刻木爲親形事之如生人稱其孝今見君之用心殆類於此記文之請不得以弇陋辭乃据君言詮次行略如此大正五年歲次丙辰八月

熊本狩野直喜

夢松菴記

佐佐木教授嘗過東山之麓愛其幽靜購得地數畝親督工人剷榛莽除瓦礫累土爲塢引水爲池構屋其閒未數月而功竣登樓而望西則田疇平衍桑麻條暢東則岡巒起伏林樾鬱蒼禽鳥和鳴樵歌互答凡四圍景物莫不怡情適意乃命曰夢松之菴求予

記之夫人之在世不能無求求而不得則思思鬱於中往往見於夢寐是故夢傅說賢主之行也夢周公聖人之志也膏粱之子夢麗姝重色也牙籌之徒夢金玉貪貨也教授賫性清廉持己抗直專力學問無纖毫外慕之念獨怪其自命菴一如有求而不得豈有難言之衷乎反復尋繹不得其說以問教授教授曰吾鄉烏取有山曰久松其麓吾幼時所居也時家道窮約且連喪我母與姊獨從先人煢煢相依顛跌撼頓備嘗艱苦蓋五年之閒移居者三而均不離乎其麓吾至今惓惓於此山以之命菴豈爲無故乎予聞之肅然正襟曰嗚呼是孝子之心也顧明治癸卯予始識君京都時君畢業大學奉尊人而來於此賃屋而居予屢造其廬見其事親恭敬先意承志莫敢或懈心竊重之既而君奉官命游學歐邏巴未歸而尊人棄養矣予懼其哀毀也亟作書慰之後數年君

歸任教授名聲隆起有俸祿足以奉甘脆妻子足以助定省今斯居亦成矣花晨月夕和景良時欲躬率妻子執盞躋上堂而稱壽而親不在也其能不悵然以思慘然以悲乎宜矣其如有求而不得也然予聞父母之於其子生則願其健而無病稍長則願其就良師習道藝已壯則願其有所樹立以顯父母蓋父母之所望於其子無涯而人子之報之不止口體之奉也君子之爲學出處語默唯義是視不徇一人之私而憂利澤之不施於天下不求一時之名而憂德業之無聞於後世故進則用其所學贊襄治化潤色鴻業退則陶冶人材奬拔士類箸書立言以覺斯世牖斯民有一於此可以循親志而無憾矣蓋父母之不待養命也循其志而無憾人也君苟委命於彼蒼蒼者而專務其在人者庶得稍慰蓼松之思哉乃詮次其言以爲之記

遊箕面記

大正丙辰十一月十九日景社開會於攝之箕面前夜余以事在大阪主西村氏拂曉與子俊訪衣洲誼卿先在乃俱抵梅田乘電車是日禮拜加以快晴城中子女往遊者擁擠爭先殊爲可厭已牌到箕面之朝日閣此地尤與觀楓宜憑欄而望時正深秋木葉飽霜向陽者如火向陰者如丹如闌錦幃如繞繡屏而青松碧檜照映其閒山溪湍流激石注而爲潭淸徹可數游魚左岸人家架樓於澗爲士女遊息之處有寺曰龍安鐘磬梵唄之聲與鳥語相交凡呈於目接於耳者可以除煩憂滌塵氛於是樂甚各出文相質直攄胸臆不設城府時已午乃披行厨煮鮮炙肉且飲且啖戲言莊語銜口而發莫知所窮窈窈焉冥冥焉運思乎太虛馳情乎八荒無絲竹管絃之樂而得山林自然之趣無流連光景之病而

受友朋切劘之益嗟乎是天之所以獨幸於我輩也景社之會例必携文余偶繫乎事不能如約乃就席而草之距閣十餘丁有瀑布懸焉聞其景殊佳疲倦不往觀可憾也

君山文卷六

北野神社雙狛銘幷序

熊本狩野直喜

贈正一位大政大臣菅公之祠遍于海內三尺童子猶知崇之而世所稱北野天滿宮載于祀典列于官幣棟宇架構之靚深門廡刻鏤之絢麗與夫豆觚粢醍之豐潔足以昭 國家崇報之厚副士庶敬仰之盛傳曰及前哲令德之人所以爲明質也公之謂矣二百餘年前賽神之徒胥謀結作講約名曰皆燈輸財致力祠事維供子孫相承至今不廢頃者鑄雙狛置諸華表之前介宮司山田君謁直喜銘直喜與君善誼不敢辭銘曰

於穆神廟禮禋孔崇誰其享之赫赫菅公身起儒門位進台輔忠亮翼翊袞闕是補致君澤民維國之柱寵辱靡常春輝冬凜詎彼

讒慝織成貝錦誠不可揜天定勝人生爲賢相歿爲天神聰明正
直籲禱必應福善禍淫無物不徵有菀其苑維梅維松夭矯龍榦
的皪玉容廟門之南華表之側虔安雙狛以衛靈域千秋萬歲永
仰神德

醫箴

疾病大事生死所繫治之有要維慈惟惠儆之有則名利之蔽願
守此箴以免罪戾醫箴第一
誠敬爲體威儀爲用廉潔遜讓德貴兼綜濟世惠人可以無壅醫
箴第二
醫之治病宜常愼密債事維何疎放之失懼其懦緩勇決是弼寬
猛得中始全道術醫箴第三
當其行術勿忽細事維精維一能窮心智願展所學免貽後媿醫

箴第四
見病難治愼勿倦怠緩解苦惱其術猶在縱莫救病足慰心宰用意如此其惠十倍醫箴第五
人有大患自疑死生醫言是賴視如神明苟知如此豈可自輕談吐明晰態度春容是爲準則違之則凶醫箴第六
仁者容物其德汪洋忤而不怒如河海量醫爲仁術不貳其方操心如此何以不臧醫箴第七
凡接病者審其氣質貧乎富乎察其家室熟諳人情見機莫逸務在應病令易相率拘泥成法專守卷帙趙括談兵古今同失醫箴第八
醫之投藥必須方箋一字之誤遺害匪鮮施於劇劑生死判焉宜常戒懼以期萬全醫箴第九

人家患病必有主治汝在局外勿妄措辭症候靡常朝夕潛徙責有所歸盡力其技汝之審狀安及於彼病者有問誼不可止宜釋其疑以成彼美醫箴第十

與得聲聞不如得信專徇聲聞却速悔吝私心之萠是戒是懼醫箴第十一

人有疾病醫言是視至祕之事言之莫闞至辱之行爲之不避負託匪淺豈取輕易守口如瓶以禦外出醫箴第十二

門戶之爭愼勿模倣凡對同業務禦召鬧恭敬辭讓是爲善教縱不能親犯而不校醫箴第十三

有醫治病問及於我宜傾蘊畜言無兩可猜疑忌避所以速禍醫箴第十四

醫之所志忠良國民義爾忘利公爾忘身臨事勇往不取後人冀

守其職致福鬼神醫箴第十五

右醫箴十五則今井學士所撰予譯成韻語且書之以應其屬云

田阪君頌德碑

君姓田阪氏諱重房初稱與四郎後更名市郎右衛門先世居備後以武事小早川侯天文中有刑部亮諱全慶者因事自盡長子全一遷居周防之玖珂郡玖珂村始列編戶未幾多置田宅以貲雄於鄉閭子孫世襲大年寄格自刑部亮數傳至仁兵衛君以懿行聞娶奥河內氏生四男一女君其叔也君資性沈毅有器識任恤好施隣里之窮乏者率於君家取給焉玖珂爲吉川侯領土藩國之制有代官掌郊野之政錢穀刑名專取決於此威權薰灼儼如邦君安政中玖珂代官駿而好賄親近羣小大起功役改建廨舍號曰會所日集賓客淫樂無度而其費則盡征於民岩國紙爲

闔藩生產大宗官勸民藝楮稅賦所入以充國用代官又從而呑蝕之重歛無厭繼以刀鋸凡代官所轄玖珂祖生伊陸田尻中山川上須通等七村民失其業怨嗟載野君慨然曰百姓罷敝極矣不出而排難非丈夫也佐倉宗吾之擧豈不可見於今日乎其友懼君嬰禍告曰君志則善奈代官暗愚何盍少隱忍以待佗日不聽遂往見代官論秕政宜革者數條三日三夜不肯離席辭色懇摯繼之以涕代官大怒劾君誹訕官司中以法幽之岩國山北獄二百六十五日擬流柱島盡籍其家村民原田某等訴之藩老吉川采女官亦漸察其寃乃得從輕議放之祖生實四年某月也後一年官赦其罪仍襲大年寄格文久二年秕政復發民不堪命羣情洶洶禍且不測先是舊代官已廢新代官知君緩急可用授以刀禰職君乃奔走其閒說代官毀會所輕賦歛積年歛寶芟除無

遺民始蘇息咸稱君德焉慶應二年幕府問罪之師起兵壓四境君主倡大義招農民子弟有膂力者習之劍術以兵法部勒之雖未戰事解防堵功甚大其好義赴難出於天性云君生於文政十二年某月某日歿以明治二年三月二十日春秋四十一訃聞遠近莫不哀慟會葬者二千人配山本氏子男曰匡亮曰正輔出繼河田氏曰文夫女三中村天造三吉文輔三吉佐一其壻也孫男女若干人大正九年玖珂有志胥議建碑以紀功德介君孫河田教授來謁予文予與教授同僚誼不可辭乃據狀詮次其事蹟蓋君之行其型乎家式乎鄉卓然足傳於後世者不可勝紀今特書其大者如此銘曰

民生其艱維衣維食孰剝害之如虺如蜮羣言譁譊靡知其極矯矯田君洵俠且武遇難敢爲不辟刀斧孚乎上下前喁後舞輿誦

嘖嘖久而不衰爰鐫貞石以志永思凡後君子見此銘辭

井手素行先生碑

先生姓井手氏三郎其諱素行其號熊本縣飽託郡中島村人也案家譜系出自左大臣橘諸兄子孫世居山城井手鄉因氏焉永祿中曰諱基豐者徙於肥後事其豪族城氏城氏亡不復出治田宅中島業農是爲先生始祖考諱豐房通稱理七郎娶濱崎氏先生其長子也幼而穎異岐嶷如成人事親以孝敬聞年甫十三出學鄉塾尋問業守田武陵旋入濟濟黌潛研經史尤好宋儒之說窮理縝密踐履篤實爲師友推重時克堂佐佐先生在黌訓迪諸生先生與聞緒論竊謂近數十百年西歐諸國蠶食我東方勢如潮之方進不知所止顧清國之與我有脣齒輔車之形焉有同文同種之誼焉欲廻狂瀾於既倒永保東亞和平宜親仁善隣不宜

乖巽反目通經將以致用予其効力於此乎明治二十年九月航海抵上海旋徙漢口未幾作齊魯幽薊之游經省五度瀆四凡十閱月而達北京所過相山川阸塞審物產盈虛交通則徵諸水利古蹟則稽諸史籍辨民風察土俗於彼情實瞭如指掌二十三年返國箸支那現勢論以餉同志記述得於目驗者居多云二十七年日淸役起出爲通譯官屬民政廳備任宣撫時列行伍躬冒矢石爲上司所倚重從軍二年和成而還先生有鄉友曰宗方大亮先先生而在淸國意氣投合交如膠漆於是相語曰我新克敵而世之論善後事宜者所言各殊宜糾合同志以一國論至三十一年東亞同文會興公爵近衞公爲長子爵長岡公爲副列籍會員者率朝野名士先生與大亮周旋其閒參畫孔勤以致今日之盛二人與有力焉先是大亮創設報館漢口曰漢報乃木將軍之總

督臺灣也偕先生往見說宜設報館於福州以通我聲氣將軍然之許以資助先生乃與其友中島不退菴前島虛谷謀創辦閩報推虛谷掌之至此又建議同文會置報館上海曰同文滬報與漢閩二報西南相應而先生以上海支部長兼管館務三十三年二月三日也報出風行一時滬報之名徧於大江南北後五年又自創邦文上海日報光緒之末彼國士大夫多倡變法自彊以日本爲證言唯聯日可以禦外侮其過滬者爭求交先生先生恂恂儒者氣度安詳持己以禮與人飲和有來談時務者盡心輸誠不隱不諱咸歎謂不愧爲君子國人甚有以家事爲託者旅滬邦人亦深重先生推爲居留民會副會長教育會長青年團長又再舉於鄉爲衆議院議員初先生創滬報經費仰之於會未幾投家財而自爲之主至四十年以事廢大正五年又創東亞日報明年改名

亞洲日報會淸亡而民國興國內紛擾南北分立日支邦交亦漸支吾加以銀貴入不敷出四年而亦廢專辦上海日報然止行於邦人之閒非其初志也昭和四年乃乞友接取十一月歸老於家不復出距始抵上海至此四十三年矣先生生於文久二年五月十五日卒於昭和六年十一月十六日享年七十先生卒之年滿洲事變起又七年而支那事變起自國民政府成秉國鈞者率新學淺見張脈僨興不辨強弱妄謂歐米可倚日本可抗勢之所迫亦與暴蘇相結不知鷸蚌之爭爲漁人利終之伏尸萬里山河破碎雖咎自招生靈何罪而我之所損亦大矣使先生尙在其流涕長大息爲兩國悲者何如也直喜幼學濟濟黌荷交先生尤久碑文之責不敢以弇陋辭謹綴次行事之大者刊石俾後世有攷焉

紫藤先生碑陰記

紫藤先生幼而穎異稍長流覽經史練達武技識見高邁思爲世用若設鄉學以育子弟倡文武以肅閭里勸農田以厚民生率鄉勇以援王師皆在鄉邑時事至今赫赫在人耳目既舉於鄉會則縣政之利害吏治之得失無知而不言民隱衆情由得暢達者多矣至議院始開選爲代議士所議皆天下大計在職七年奔走國事殆忘寢饋遂獲病而歿其翼贊大政而黼黻　鴻謨者功績之大小賢勞之輕重固不可與在鄉縣時同日而論矣葢先生爲人雄毅藏於中資之者深方正廉潔惟義之從不以得喪貳其心是以臨大事決大議無施而不可而問其所以行之則誠而已矣孔子曰在家必達在邦必達先生有焉先生已沒四十年故舊門生思念不止集資建頌德之碑於墓前又別刊石刻先生肖像和歌及佐佐克堂先生弔詩和歌先生西南役陣中作克堂先生與先

生同籍政社又同在議院於天下事所見無不合氣誼相許誓以死生是所以有幽明途隔之歎讀其詩先生之風亦可以想見矣顧先生世系履歷詳見碑文是以不叙今唯叙其大者使後世之覽者有矜式焉

春山文卷六

一

君山文卷七

熊本狩野直喜

青柳君墓銘

君諱某通稱愛二郎姓青柳氏信濃南安曇郡烏川村人家世農爲郡望族考諱某通稱磯太郎娶三村氏生二子長木工太郎次即君也君恂恂長者在鄉閭以任誼聞平生無他嗜好力田之暇獨耽經史兼善筆札烏川地僻乏書聞有家藏善本者則就而借之虛堂懸盞親自抄寫往往至漏四下乃息積數十百卷其精苦多類之君有一子篤志向學父老或曰學將以求仕進遊宦不歸其若父祖產業何不如令無學也君曰此兒聰敏過人必能以學成家且人各有所好強沮之令耕作以終身非所以因材而篤之道也乃命入都肄業後果大成今京都理工科大學教授青柳博

士是也初木工太郎君無子欲立君爲嗣以及博士博士已不能治家人產業君乃商於木工太郎君分家又爲養某姓子以繼兄後君卒於明治三十七年三月廿三日年六十三葬於村之南原配宮川氏生一男一女男名榮司卽博士女適同郡三村谷吉宮川氏以某年某月日卒年幾越幾日祔焉禮也喜已與博士同僚友善墓銘之請不可以弇陋辭乃係銘曰

嗚呼君學之篤德之純不顯於其身而啓後人有明之岳維柏與橡烏川之水白石粼粼茲構幽室流風不泯

福井笠陰墓志

先生諱成功字一彥號笠陰又號貫齋姓福井氏恆齋先生長子妣今大路氏福井氏世以醫箸自曾祖榕亭先生三世供奉　內廷任典藥官明治維新遵軌泰西學術亦隨而變世之論醫者擯

軒岐氏言以爲迂腐不適於用是以先生已嗣家不復理先業家舊傳宋元善本三代鼎彜古法書畫終日危坐一室披翫自樂不知老之將至壯歲嗜書技受入木道岡本保誠潛思刻苦亦酷有心悟云配三角氏子男二人曰貞一曰貞明孫女一先生卒以大正九年四月十六日距生安政三年十一月五日享年六十五私諡曰清愼先生二十日葬於嵯峨二尊院

近衞公墓志

公諱文麿霞山公長子母金澤前田氏幼而俊敏有台輔之望昭和十二年奉　命組閣任爲總理大臣會盧溝橋事變公謂支那我輔車不可共生隙欲速解結而我軍南下如燎原之火無知所止米國助彼疎我交涉險艱公亦以此辭職十五年再奉　命爲首相先之軍部唱三國同盟久而未決公出盟成公謂已與獨伊

盟宜加蘇爲四凡戰之起由勢力不均衡苟如此米必不出師助英又足以便我交渉外相松岡亦以爲然乃奉　命往蘇締日蘇中立條約又往獨告之而歸未幾獨背盟用兵於蘇松岡亦言米不可信交渉無益公以此辭職三奉　命組閣爲首相然當此時軍閥之勢牢不可拔日米交渉之稍利於我者亦爲其所阻陸相東條主張開戰不與公合公又以之乞骸骨乃去自東條代之大東亞戰起勝初敗終爲城下之盟可痛也二十年米軍進駐帝都元帥馬某示政府以戰爭容疑者中有公名公曰予生累代攝關之家義不可辱仰毒而薨時十二月十六日年五十三配豐後毛利氏生男女各二曰文隆曰通隆姉適島津公長子忠秀妹適細川侯長子護貞

狩野夫人池邊氏壙志

夫人諱松熊本人池邊文長其父也配加藤氏其母也鄉人京都大學教授狩野直喜其夫也幽閑端肅治家有方儉素自持不事浮華夫人歸時遺孤直方年纔三歲體弱善病夫人視同己所出撫之育之以至長成夫人生於明治九年十二月一日沒以大正九年正月二十四日享年四十五浮屠謚曰本源院妙松日榮十二月五日瘞於洛東黑谷文珠塔側

佐野先生墓表

先生諱某通稱亥一郎姓藤原佐野氏其先菊池氏庶族初事加藤侯至細川氏移封肥後世爲其臣考諱某通稱儀兵衞妣吉田氏先生幼而穎異有名藩學潛研經史旁精武技歷任藩學句讀師目附役署理奉行供職江戶大阪藩邸前後數年元治元年藩用兵小倉亦從役焉尋爲葦北上下益城宇土郡宰自嘉永中米

艦迫求互市幕府矯朝命而許之海內騷然尊攘之論起薩長二藩實爲之倡首明治中興之業於是乎成而至其秉國鈞范歐鑄米粉飾文明改革朝章變更舊俗每遭外國交涉輒務遜讓多損國威其所爲尤與先是討幕之旨相反十年西鄉隆盛舉兵聲言除君側之姦進圍熊本先生慨然語人曰戊辰之役我多內訌堂堂雄藩乃不得與天下成敗之數豈非大辱乎今事急矣宜應之俱濟時艱若不然使彼獨得其志其難制有更甚於今日者不如因彼勢以成我所欲他日有變亦足以防其專肆與衆議推池邊氏爲帥又自糾合義故得百數十人編成小隊使內弟吉田某率而隸焉躬留本營贊畫軍事如導白川入於壺井川以便灌城多出其謀云四月軍潰走保木山先生獨不欲退行深箐叢樹中潛匿其家爲官兵所執先生竊謂士拘縲紲而死恥莫大焉伺守者

怠急自釋縛奪其刀傷二人因欲自盡衆至復見執遂斬後數日兒直喜求屍得之淺土中葬於高麗門妙永寺先塋之次初直喜聞官兵言先生死以廿七日家祭由之今年四月値五十回忌辰偶得陸軍主契川口武定所箸從征日記廿五日條云此日斬賊將熊本縣士族佐野亥一郎臨死神色不變從容如平日可謂武士龜鑑但誤順逆而負賊名爲可惜耳乃改定爲廿五日夫當兩軍交鋒瞋目仇視欲食其肉而惋惜之辭出於敵人者如此則其沈毅剛果之風可以想見而已先生生於文政六年五月某日得年五十五配山崎氏子男二人長曰某夭次卽直喜嗣家女若干人孫若干人昭和三年八月狩野直喜謹表

武藤菊潭墓表

武藤先生諱虎太號菊潭菊池郡戸崎村人考諱一忠號環山師

事鄉儒木下梅里以學行聞娶城氏女生男卽先生也幼而穎悟受業家庭讀書過目成誦羣童無能及者稍長學大進明治二十年官創立第五高等中學校於熊本試成生徒尋進帝國大學文科大學生員專攻國史有高材生之目二十八年業成歷任第五二高等學校教授第二四五高等學校長至昭和七年以病辭官委身育英三十八年矣先生爲人重於責己輕於待人其訓諸生身爲之先示以所從有過不稍寬假然至自改不復介於懷其導之不局以一律視性之所近引而伸之是以皆奮於學遂上大學畜德成器爲國家用常謂高等學校居中小學首宜相聯絡不宜獨自閉隔初在熊本與其教學之士謀創史談會轉仙臺創皇道會轉金澤創孔子會招聘講師或自當之講演之日聽者滿堂正人心而厚風俗資於教化多矣是以先生去而人思之昭和六年

十一月在第五高等學校長任恭逢特別陸軍大演習先是縣有
牒云十五日
車駕將　臨學即與宮內文部兩省協議奉迎事宜歸途獲疾在
病院一月愈而形羸其友憂之勸以辭官先生曰是非臣子之道
也親督僚屬籌備一切　臨學之日奏對稱　旨越四日　賜宴
先生亦與焉仰邀
聖眷諭以養生感激殆不知所以置身云有至性初在熊本環山
翁居菊池道途相近七曜一往以爲常至轉仙臺長夏得假必歸
在家親奉甘旨不怠定省又呈所學質正如少年受業之日鄉黨
稱之菊池往昔菊池氏所城居元弘自興勤王之師子孫相承嚴
武備而養士修文敎而化民流風至近世未沫績學懿行之儒多
出玆土如先生亦可謂不愧爲菊池人而已生慶應三年七月七

日歿昭和九年三月二十九日享年六十八階升三位勳叙二等配紫藤氏生三男一女曰義雄總領事曰智雄九州帝國大學助教授曰文雄內務事務官女適理學博士川合眞一孫三男四女

河原先生墓表

先生諱直道幼名繁人後稱一郞姓河原氏金澤人家世事前田侯考諱直忠妣長田氏先生幼好學問業藩儒井口犀川弱冠求師大阪專修英文尋遊學東京業大進歸掌教鄕校數年選任學務課屬員仍兼教諭明治十四年挈家至京都奉職府學務課廿二年府立高等女學校長闕知事北垣君知其謹厚擧充之先生寢饋教務終始不渝在職凡二十八年以病不上校僅一日而已其恪勤如此蓋先生一生志業存於教育而在女學最久効績亦最大矣近十數年世之論陰教者領異標新務弋時譽輒謂文化

時代男女齊等柔婉貞固非所以爲敎變本加厲莫知所底止先生則異此誨生徒循循中軌勉以良妻賢母無虛鶩驚人之說而其切於常行彝倫猶五穀布帛之不可須臾廢久而人信之然見謂婦德待學而成程度不可不高稟請文部另設專攷科畢其業者由部給文憑准爲女學校敎諭則亦與夫頑固守舊以執臬繭理庖厨爲盡婦職者異矣是以聲望隆起爲女子敎育家領袖三十一年擧爲高等敎育委員世榮之大正六年以病免官階至正六位勳敘六等致仕之日

掖庭賜物勞之蓋出　特恩云先生生於嘉永二年十一月十八日卒於大正十一年十一月四日享壽七十四元配河村氏繼配奥村氏子男三曰直孝曰馨曰繁皆奥村氏出女二長河村氏出適阪田正彥次奥村氏出適稻垣虎二郎十二年十月京都大學

教授狩野直喜表

細川侯世子夫人近衛氏供養塔背記代

兒婦近衛氏歸于我家四年不幸獲病而逝適嗣失其嘉耦二孫喪其慈母哀思塡胷不可斷絕憶新昏在京都愛其風物爲建供養塔南禪寺天授庵以修冥福時俗五十日服除有反賻之禮又以塔代之書賻贈人名册藏於其中以見凡此高義生死俱感莫相忘焉

君山文卷八

熊本狩野直喜

家系述略

狩野氏以伊豆爲郡望一支在筑前太宰府者爲菅公廟祝世奉其職足利氏之季海內糜爛俗尙鬪戰有掃部府君者以武起家初事毛利氏後事高橋元種（右近將監）爲家宰及其移封日向食邑六百石是爲我家始祖掃部府君生梅弓府君通稱源內兵衛驍勇有幹略天正十四年從元種攻巖屋城率手兵先登斬獲甚多後自記其所歷曰狩野源內兵衛覺書（帆足萬里所譯定井樓纂聞及巖屋完節志引此書數條則知世有傳鈔本）征韓之役元種在外七年有戰功關原之戰初屬西軍府君蓋常從焉但家乘殘闕無由知其詳耳慶長十八年高橋氏國除府君亦廢柳生宗矩（但馬守）素與府君善（府君又與僧澤庵爲方外交家藏二人倆

和和歌蓋因宗矩而知澤庵也爲言於我妙解公公時在小倉召祿之賜見米百石二十人扶持鰲雲和尚手記云賜百人扶持未知孰是未幾公改封肥後府君亦從而徙府君久在行間精通韜鈐於筑豐兩肥兵事山川阨塞羣雄興亡之故知之尤熟家藏立花侯宗茂與府君尺牘中有練達武事如足下當世罕見語公命常侍左右聽其談說寵遇越衆云府君以寬永十五年卒年八十一生三男一女曰安村通稱兵九郎事伊勢藤堂侯曰源太夫事日向島津侯曰四郎兵衛事陸奥丹羽侯女以公命適同藩士松山次郎太夫慶德孺人是也府君已卒無嗣公憐之給孺人二百石名曰臙脂料命存其祀兵九郎府君有二子長曰直安通稱太郎右衞門次子爲僧曰鰲雲爲京都麟祥院住持再住妙心寺賜紫衣淹貫禪理旁通經史與伊藤仁齋友善古學先生集載贈鰲雲和尚啓及倡和詩一首太郎右衞門君繼父業居津多年以事致仕去往肥後慶德孺人乃

養爲子稟官傳之食祿於是我家復興世爲細川氏臣是爲本岳府君自本岳府君四傳世系詳載家譜今從省略至眞岩府君諱直淸通稱源內左衞門精武技練達時務爲阿蘇菊池郡宰配沼田氏生三男一女曰太郎左衞諱直溫後改種臣通稱素醉是爲源妙府君曰源左衞門諱安出繼小川氏曰源內諱直恆是爲本量府君女適同藩士宮脇鐵之助眞岩府君猶有庶子二人出繼國津氏關根氏源妙府君幼嗜學擢爲藩學廩膳生俗稱居寮生與片山木下諸先生同窓然以眞岩府君告老嗣家不能久在學仕爲泰嚴公及成山公子近侍祗役江戶者前後十餘年以事忤權貴某歸國終於藩學句讀師府君初娶高島氏繼娶緒方氏泰樹孺人是也生一子曰源太郎君府君猶有二女一適杉本氏高島氏出一適二宮氏泰樹孺人出一藩法凡士人老而子幼則減食祿故源妙府君養本量府君爲子本量府君又養源太郎君爲子兄弟叔

姪互爲父子違於先聖之制而封建之世因襲已久不可復改也本量府君娶余田氏是爲壽量孺人生四男曰金次郎君出繼吉田氏曰助三郎君夭曰百熊不肖直喜是也曰松彥後改直次出繼八木田氏昭和壬午正月

亡室池邊氏行述

夫人諱松池邊氏熊本人家世事細川侯天保間有丹陵先生者以積學懿行聞選爲藩學時習館助教孫諱文長通稱軍次娶加藤氏生五男二女夫人其季也初軍次君之母余田氏於吾母爲姑是以兩家姻聯相知極熟明治癸卯予新喪偶急求繼室族人爭言夫人賢乃委禽焉予時在京都賃一小屋而居貧甚所有釜甑各一冬夏衣一襲書數篋而已夫人入門即黜鉛革穿纑衣每晨起汲井執爨紡績組紃補綴澣濯灌園種蔬凡家中一切勞苦

以躬任之無有寧日往往至夜分而止治家儉而好周人之急至族黨之問遺賓客之供帳則唯懼其不及以玷門戶如此者十八年至予承乏國庠有斗升祿不改其度予屢規其耗精神勞筋骨非葆性長壽之道輒曰不如此莫以安妾心也兒直方年纔三歲氣體羸弱屢罹大患醫言不可治乃哭泣禱於神看護不離旁衣不解帶者每數十日其長成至今日繄夫人是賴夫人雖不甚通書史長於風鑑予性好客客至縱談忘倦夫人時自屏後聽之客退乃曰某拙訥少文而其人可敬某辯給而輕儇德不稱才恐後僨事慎勿近之予笑而不應然其言多驗予好蓄和漢書籍聽有人售善本者欲必得之謀於夫人夫人每攢眉曰妾聞學貴精要君奚以鬭多誇奇爲且君狷介不可以長居仕途妾所以務爲儉素亦將節買山之資使君得挂冠之後優游林下左右圖書專力

研經著述而已予心怍莫以應之然見其嗜之之深亦不予阻也嗚呼言猶在耳而夫人則亡偕隱之約不可復尋悲夫大正庚申一月感冒流行勢如燎原之火家姪染焉時大學醫院病舍塡溢不能容人又苦於無看病者夫人乃慨然親任之亦遂得病夫人歿以月之二十四日距生於明治九年十二月一日享年四十五十二月五日瘞於黑谷文珠塔側浮屠諡曰本源院妙松日榮大姉夫閫內之事夫婦之際不可以宣於外予所以詮次其行事錄成此篇將以示於後世子孫俾凡婦於予門者有所則焉直喜記

孺人箭田氏事略代

孺人諱加禰姓箭田氏考諱重齋讃岐木田郡奧田村人妣藤岡氏年十七歸同村族人佐次郎君時佐次郎君王父與雙親猶在三世同爨而米鹽井臼之事壹責成孺人孺人儉素自持每日黎

明而興孜孜勞作夜則鍼黹自課至漏四下而息事堂上以敬接家人傭奴以惠鄰里戚黨問遺之禮未嘗少懈皆曰得婦如節田氏可以無憾矣佐次郎君性曠達喜揮霍父已沒好外遊頗絀於財孺人乃茹苦自誓經紀家事量入制出撙節浮費未數年而得奇贏若干以償逋責家道復興事聞於官官議旌表孺人聞之蹙然曰是所以彰夫子過也固辭而止孺人生於安政三年八月十日沒於明治二十一年三月六日享年三十有三生二男四女長繁福承家次某夭四女夭其二一養於細川氏先沒一適矢田某孺人生諸子每苦不乳輒以葛米粉餌之夜半兒求哺而嗁孺人懼舅姑覺抱之環走園中至熟睡而返蓋十數年之間不得安寢及其稍長督課甚峻若有小過不毫寬假居常諭繁福曰天下積非常之苦者乃能建非常之功汝已爲男子當自奮勵愼勿落於

人後孺人父重齋君豪俠好義精劍術嘗手刄匪數人不變聲色人謂孺人外柔婉而內剛毅蓋得之其父也繁福治醫今奉職京都醫科大學有令聞孺人之訓養將於是乎驗某與繁福友善屢聆其說先世心竊感之乃錄行略俾世之譚女子教育者有所稽焉

君山文卷九

熊本狩野直喜

與羅叔言

叔言先生有道久疏音問夢寐爲勞玆据敝國報紙稱馮玉祥迫貴國皇帝逐宮尋廢爲庶人取消優待條件聞之憤怒欲食其肉近數年弟於貴國政爭從未議是非以外人不知情僞又非分所宜然也但此一事非可同例何者陳恆弒君孔子請討誠以干紀斁倫之事天下皆知惡之而其流毒貽害不止一國聞段祺瑞亦不以此爲然有意挽回弟思今日之勢急於焦眉似宜遣人勸說大義使其知束手無爲則不但害於民國又失信於外邦未知尊意以爲然否

與王靜安

靜安先生執事久疏問候意殊悵悵思道履佳勝爲頌爲慰此閒叔翁及諸同學均無恙但富岡君君撝客歲病痞而沒彼氣體強健執事所知而今如此甚矣人壽之不可恃也敝師竹添先生中年罷官專耽箸述羣經皆有會箋身後槀本在女壻嘉納家嘉納今擬先排印毛詩行世顧往年左氏會箋之成蔭甫俞太史序之矣故此舉又欲得貴國大儒一言以飾之思方今貴國遺老求其風節清高學術淹雅者莫洸公子培若焉且往年公來游敝國親造其廬又爲名讀書之樓未爲與敝師無一日之雅若顧念舊誼幸賜序言則其感恩不啻生者也嘉納現擬函請於公併將已經刷印數葉呈覽又求弟請執事以此意轉達因爲先容煩瑣之事累執事多矣倘蒙俯允幸甚某頓首

又

靜安先生有道茲接手教敬審貴國皇帝遁至潛邸旋移敝國公使館當由芳澤公使保衛周密得以無事莫任慶祝此次奇變實非意料所及凡亂賊之徒卽在外人如某等猶思得而甘心而貴國人束手旁觀以爲時運令然非人力所能拯何也人心風俗之變足發浩歎賜示九月十日執事忠憤激發與雪堂諸公憂苦閉關務持大局之狀夫風雨雞鳴詩人美君子不改其度況辱屬至交豈任敬佩願益效力以勵臣節雪翁書弟未收入殊深詫異無乃貴國郵局譏察甚嚴以致拆開擲去乎請以此轉知爲幸

與朱家寶

歲月易得人事無常握臂吳門恍如隔世想閣下亦同其感也數年來貴國政體風俗之變幾非意料所及滄海桑田昔聞其語雞鳴風雨今少其人況方今之勢同室操戈兄弟鬩牆四郊多壘民

生塗炭是兩國有心人之所與蹙額而齊歎息蓋兩國同屹立亞東唇齒相依誼分休戚當此種族競爭之日前車一覆則後車亦從承其禍豈得視如秦人於越人之肥瘠哉嚮於報紙敬審閣下痛遭蹇難屏迹敝邦屈子九歌託精誠於蕙茝梁公五噫勞顧覽於崔嵬想見高風欽仰莫罄卽當裁書問候未知貴址荏苒至今殊爲悵悵弟刻下功課多端日形忙碌稍閒應趨領塵誨以慰十年久渴之情也

與柯鳳孫

庚戌觀書之役得接芝範使館賓客滿堂未能飽聆大教屈指十餘年蒹葭之思恆切於鄙衷也伏惟執事天資亮拔績學老成接統先正儀刑後進師儒凋謝靈光巋存海天在望曷任景仰比小幡星使回國乃蒙托送大箸新元史一部領訖感謝之忱無可言

喻竊思執事此書體大思精文簡事詳訂文卿之舛違續曉徵之撰述網羅掌故博搜蒙回遺文摭拾佚聞旁及金石箸錄考洪武成書歷年不滿三學者譏其艸略逾乾隆舊例正史又加一世人稱其妥當方今東西學士潛心蒙古史事莫不折衷於中國書則執事編摩之功不在歐宋二公下其施惠藝林補益士子果何如也

覆皮名振

皮君執事承教執事爲鹿門先生文孫比因刊行遺書將以一本見送謝謝僕十年前偶得令祖所箸經學數種而讀之其於今文古文之派別經學史學之異同討原究委剖析無遺竊歎以爲淸末經師冠冕以僕所聞所見今人之治今文學者西有井研南有南海然遠不如令祖之經學樸茂文章爾雅至其體大思精囊括

今古推理明鬯議論平允則又非劉逢祿宋翔鳳諸人所能企及也唯僅窺一斑未見全豹乃蒙厚貺定慰調飢感甚謝甚再有請者僕於令祖學術能言其一二而未審其出處事蹟倘有壼幽之文能以一本惠僕乎讀其書而思其人幸得如願感何可言專覆奉謝順請台安某頓首

與廉泉

南湖先生有道嚮因訪經翁重逢舊雨當時匆匆辭去未得暢聆麈誨殊深惆悵爰接來書敬審執事今卜居京師暫學市隱憂時有淚杯酒還可開懷問世無心簡編聊將度日雖非吾土足以怡情適意爲慰爲頌蒙賜尊刻惜抱先生尺牘謝甚桐城義法判文章尺牘而爲二不許混同然書中說日常瑣事外殊多論學論文之語津逮後生揚扢風雅先正典刑於是可見僕於桐城派古文

尤喜方姚曾吳諸家得此非特拱璧也前年歙學覆刻元槧古今雜劇其原本則係黃蕘圃舊藏今將一本奉上即請收入天寒伏惟爲道自重某再拜

與江叔海

叔海先生有道久仰盛名無由進見及謬充東方文化委員與哲嗣翊雲先生同事知其濡染家學淵源有自嚮往彌切乃荷惠賜大箸數種今又奉到實學一册感甚謝甚竊思執事治詩主傳箋而與經恉明相反者乃以三家補之博採所及不廢紫陽是其體大思深比之夫姝姝自悅專守一家寧背孔孟諱言毛鄭之失者相距不啻天淵矣洛誦再四敬佩無已某嘗有志用力於此經但才識駑下苦門徑無入倘他日有緣得通刺大師之門舉平生疑滯而質焉其樂何如也幸勿吝教之臨楮莫任神馳

與東方文化事業總委員會中國委員

某先生等鈞鑒逕啓者比接尊牘諭以去年東京大會決議案中宜修正者十六條卽經日本委員全體商議連署奉覆想已入清覽矣弟等竊思文化事業未經下屆大會決議修正之先不妨仍遵原案擧辦卽如續修四庫全書係學術研究根本宜速不宜緩今不縷述聊發數端自西學東漸士習一變先聖典籍視如芻狗宿儒彫謝後繼無多再過數年卽有巨款足充支用恐不能得其人其宜速一也當敝國提倡文化事業勿論貴國人士嘖有煩言敝國亦有疑爲難辦者今雖羣議漸息正在天下環視之中若曠日彌久停頓無爲其將何以閉執論者之口其宜速二也竊思諸公以績學老成負中外重望繼往啓來責有攸歸必能任之不讓卽有小嫌亦不至自行決裂思其致齟齬因弟等提出之案鄙意

所存未明於諸公是以不顧其重複列記如下

一編纂續修四庫全書分爲二層第一層須先定箸錄書目誠以書目已定編纂之事可得而言也今擬選書目之員爲十五名至其人則諸公以外應求中外專門各家以禮聘之名曰豫備編纂員弟等兩人雖學術不足言已係提案者卽有命亦不得辭仍擬由弟等另擧薦敝國學者二名其餘則專以貴國人士充之箸錄已畢原有豫備員以外更增中日學者十名名曰編纂員事業乃有頭緒是第二層也鄙意非謂編纂之事總會委員人人得而當之人各有能有不能卽不爲編纂委員亦無害於其爲總會委員也

一編纂事業不可無一二人總其大綱分配督催功課者卽乾隆時代之總纂官也其如何選法仍須具呈鄙見請諸公核議

裁奪總而言之其職與決議案所言事務主任各別功課乃學問上事主任斷無干涉之權卽欲干涉亦不能也

一編纂與購書關繫極密無購書此無編纂也竊思編纂員（豫備員亦同）欲購某書可以具狀告處長（卽修正案之主任）處長卽諮之評議員經其贊成乃能購入料諸公列爲評議員似不必憂其中有情弊要之購書事務乃由處長辦理非謂處長得任意選擇恣行購入也

以上所述未知與江湯二君意見相合然据當時會場所議決正如此甚願諸公思負荷之重維持大局卽決議案有窒碍之處亦務使事業進行是則不翅二人之幸也服部宇之吉狩野直喜同啓

答黃顴士

去歲文旌東渡幸接芝範彥國佳言人譬之鋸木屑敬子博學世謂爲五經笥當日之懽於今不忘兹遭朱明遜位西顥代興道履彌康箸述維富海天在望爲慰爲頌向者由橋川君子雍轉致雲箋及大箸一帙莫名感戴夫容甫之自序擬體玄靖擧軒之連珠摹神子山而冰水爲之而愈寒玉璞治之而益美竊思執事之文亦如此務學古人而別創新意異曲同工伯汪仲孔知尊箸一出無翼而飛紙貴洛陽名傳鄴下矣況又儀徵辨文筆之別而未聞其工麗辭湘鄉持奇偶之平而所長則在散體仄聞執事又有古文之篇將繼之付梓是則一人而雙美傾倒無已佩服何如某雖於八代文辭略窺範圍學素淺殖身又衰遲況佗邦之人語言已異聲音不同譬諸矮人觀場盲者評器釋文義不易悟妙諦更難謹修尺書以述謝意其言不中伏願海涵久不見綏翁念念祈代

致意幸甚書不盡言臨楮惆悵

狩野直禎
吉川幸次郎　校字

先生嘗曰四十前詩文皆不存稿晩年有意編定手寫目錄題曰君山文命青山澄齋謄錄數十篇澄齋死其事中輟手寫目錄亦似未備有不在目錄而存於篋中者有在目錄而注不必存者今皆錄之類分爲九卷其稿或五六易故初稿之見於他書者輒不同昭和三十四年十月受業吉川幸次郎謹記

京都中村印刷
株式會社承印

君山詩草

君山詩艸

昭和庚子八月刊

君山詩草

熊本狩野直喜

聞布哇海戰有感（昭和辛巳十二月）

神州男子氣如虹決眥蒼茫煙水中十萬艨艟我何懼誓攘驕虜
達宸聰

和豹軒博士哭鳳岡樞密八韻（壬午正月）

國學裁多士宸宮對至尊盛名淹海宇光寵照家門淸白爲身則
謀猷由道原文章何典雅情性自忠敦昔設東山會今無北地存（樞密平生好誦李北地詩）幽亭老泉石茂草暗牆垣感似離群雁悲同落木猨
臨喪嗟抱病空想素旌翻

送小島博士退官歸鄉

何事歸田早倚門有老親斑衣遂初志野服養天眞草長古城雨

博士土佐人屋後有丘傳往昔土豪所居其跡尙存云花開南國春自憐知己少言別淚沾巾詩成欲書以贈偶閱岑嘉州集送張子尉南海詩第二句曰高堂有老親第五六句曰海暗三江雨花明五嶺春僕廢詩已久又乏記性蓋幼時所誦不覺流出以致文字句法相類可愧也老疾不復能改作爰錄數語以見詩固非與唐賢暗合又非有意剽竊博士幸勿咎其倉猝不檢云

和豹軒立春韻

散豆驅一作追窮鬼換符迎立春無嫌風俗舊且喜物華新聖武芟芟一作平南國天文宗北辰宗一作仰何時洗兵馬柔遠活斯民

和豹軒春寒卽事韻

臥病又迎春東山雪尙新偏慚才散櫟寧願壽靈椿只有盆梅瘦未看門柳顰南方正戎馬夢寐往來頻

雜詩六首用豹軒哀鳳岡樞密韻

洛下原多鄰下流如今梁賴孰同儔快心幸有豹翁在語不驚人

誓不休
揮筆偏期文字眞苦吟往往到雞晨詩成世賞豹翁美未識此中
流淚頻
櫻花如錦柳如煙宴客東山列聖賢昔者酒客名淸酒爲聖濁酒爲賢今無濁酒以麥酒擬之
一座詩成皆璧玉不論王後與盧前
山河襟帶古雍州昔我國文士稱京都爲雍州豈只風光足勝遊殿宇煌煌仰
宮闕未同西土說宗周
巷少行人知夜闌老夫尤怕是晨寒忽傳捷報從南至起取輿圖
仔細看
八十漁翁釣渭濱鷹揚牧野尙精神國家多難思元老歎息聖朝
無若人

偶感

平生懷抱竟如何七十四年容易過夜半不眠思往事偏憐泉下故人多

木內知事招宴淸遺臣升總督吉甫予亦與焉率賦二首示之

烽煙暗關塞慟哭有孤臣義重班師日（總督鼎革之際開府關隴聞變率手兵東上行次固倫賦詩曰老臣今在此幼主竟何如倘射上林雁定逢蘇武書世傳誦之）情殷復辟辰風霜仍徹骨梅柳已知春天道原非遠憑君說屈伸

西陵風雨幾年年日暮空山哭杜鵑擊楫中流雄志在靑鐙和淚寫詩篇（雄志一作志空）

萬碧樓雅集次內村退帚送織田博士游歐洲韵

不多時節雨還風可使觥船一棹空世路險夷依老馬天涯音信託飛鴻眼前粉黛能留客夢裏鶯花正憶公却怕酒醒春亦去行

人影沒夕陽中

和近重物菴六十自述詩六首

樂事年年京洛是宮前楊柳寺前花用成句休言百代如行旅有酒有詩皆我家

夙窮丹訣斥悠謬考據精深筆帶花料得養生有新法不須更訪葛洪家

人生六十猶彊健鬢不生霜眼不花羨殺物翁閑活計雕蟲餘技列詩家

山中有信驚時早報道寒梅已著花歎息春歸歸不得梵王宮外物菴家君時抱病在京都大學病院

維摩抱病元談法和靖栽梅不爲去聲花疏影横斜明丈室早春風味屬君家

天公付病眞愛我起則思詩臥對花咫尺雲山成獨往誰言三界更無家

題鄕人某所著靈巖洞志

老來築室碧山湄尙想淸歌妙舞時留得千年彤管美至今人誦白頭詩

壯年競武氣堂堂老臥靑鐙古佛傍猶有雄心未銷得漫將餘技刻明王

不到名山四十年隱居有計柰無緣繙來一卷靈巖志夢落白雲紅樹邊

知恩院孝譽上人壽詩

淸淨心開不二門蟠桃海日曠眞源熙朝嘉瑞稱人瑞樂土崇恩郎佛恩詩發性靈詞始美身持謙抑道彌尊檀林聞道多龍象傳

法知逢幾世孫

次置鹽棠園卜居七律四首

不藉灞橋風雪驢知君詩思在田廬幽尋慧遠山中寺醉返淵明柳下居情澹自堪召五福事閒豈必愛三餘卜隣好與舊朋住俱話桑麻俱讀書

京洛相逢意有餘歸田計就雁書疎文章欲擬宗元柳吏務眞如永叔滁擁戶蒼松多偃蹇隔窓綠竹自淸虛傷心最是怙亡句夢遶城東舊草廬（余亦早歲失怙家久爲他人有）

醒則繙書醉枕肱故山風物盡親朋罷官身似虛懷竹斷肉人如有髮僧老去江湖多逸興歸來鷄犬自安恒料君一事難忘得屢以陰晴卜歲登

浮雲茫渺隔京華遙憶故人天一涯松菊是兄竹是弟歐曾爲母

韓爲爹功名看做水中月身世感同春後花故國青山堪養老悠悠歲月不知遐

和鳳岡祭酒清風閣雅讌詩韵宴中談及碩園竹隱二君

寒鴉流水幾斜陽題壁年年潑墨香今日舊朋零落盡談來往事酒煎腸

集中內制學歐陽筆下珠璣字字香一自騎鯨人去後登樓無酒破愁腸　碩園

幽魂葬在碧山陽落盡梅花骨亦香今夜高樓豪興發勿教隣笛斷人腸　竹隱

寄題鳥居素川讀月樓

偉矣三山子孤高氷玉潔讀月樓已空青山留墓碣移以名我廬永志肝膽切予今聞君語不覺中腸結茫茫天地間愁見知音絕

輕肥多少年擧世尙詭譎冷冷山下泉汩汩寒光冽鬱鬱澗邊松亭亭凌風雪努力荅明時同持後凋節

青山一角結茅廬高隱門無長者車雪後前溪寒月白故人今夜讀何書

題素川尺牘應山崎博士需

鄉賢劇蹟壁間書索得貴珍珠不如 素川好聚鄉賢墨蹟尺牘中多及之 唯憾人生欣賞短空餘寒月照田廬 素川名書齋曰讀月樓

郵書往復幾年年蘭臭有人情結連歎息風流今散盡空將文字證因緣

憶昔尋春春已遲歸來俱賞古人詩憐君今在九原下花落花開總不知

桑原博士一周忌賦奠

故人墳在黑谿湄奠罷生芻歸去遲微雨夜來春草遍老鶯啼度野棠枝

晚春偕阿藤大簡遊大原寂光院有感壽永舊事賦示大簡

寂光院外夕陽紅水態山容望不窮欲向居民尋故事桃花無語笑春風

寄懷豹軒教授（教授在滬時）

歲暮江南木葉稀山川滿目帶斜暉塞關突兀孤雲過煙水蒼茫獨鳥飛爲客知君詩思淡閲人覺我宦情非歸來把臂期應近早已春光遍帝畿

和豹軒將遊支那述志作

滄海横流日丈夫効力時高酣挏馬酒惆悵讀書帷草掩青瑤甃苔封白玉墀北廷王氣絕南國鼓聲隨孰謂鷸持蚌而今蚿笑夔

善隣須道德不必在文辭

送豹軒遊學支那次長尾雨山韵

壯遊初憾晩臨別更關情三月鶯花遍不堪唱渭城

送鄉人除野君辭京都市高級助役歸東京

身似浮雲有卷舒退休何必事樵漁國家多難思英傑勿慕城東

水竹居 君家在熊本健軍村近畫湖題楣曰水竹居

長樂館鳳岡祭酒宴集次其韵時豹軒歸自支那

尊前剪燭問行程話到曾遊空復情煙雨樓臺連北固青山一抹

是南京

題畫竹

炭戶不來爐火寒老人生計愧儒酸快心幸有墨君在凌雪風姿

子細看

白髮衰翁無所營唯將書卷樂餘生庭前移植百竿竹半夜不眠
聽雨聲

題畫竹

虞帝南巡不復還九疑夢落水雲閒寫來一片瀟湘雨留與幽人
聽佩環

題山水

想昔結茅泉石間雲煙十里隔塵寰山中猿鶴應相笑人到白頭
猶未還

大正丙寅初夏邀飲夏王二君南禪寺天授菴鳳岡祭酒有
作夏和之予亦用其韵

身閲滄桑感慨深乘槎魯叟契同心人因文字忘賓主山辨陰晴
自古今敢謂儒生關治亂忍教禮樂共升沈千年事業推高密遺

蹟隨君好討尋（夏君山東人故及）
春盡禪房草木深西來有客話同心新亭慷慨空存蹟洛社唱和猶耀今愧我荒疏成蹇落馮君義法許研尋（夏君長古文崇方姚爲正宗）百年勝景歡娛足休謂西山暮靄沈

贈夏君用其登天王寺詩韵

臥樓未輒學陳登旅食逢春情味憑衞道有心憂赤賊保身無術拂青蠅聊因詩畫耽三昧且喜親朋共一燈（謂王君）信美江山非我土想君飛夢白雲層
玉笛何人譜落櫻春風一曲入西溟（君精音律尤好古琴）客中憶友多塵土夢裏得詩皆性靈百戰干戈生意盡九州草木血痕腥丈夫自有傷時淚笑昔明皇愁聽鈴

次王芃生留別韻

賓鴻歸雁幾年年何日重修文字緣萬里衡陽天一角別來勿惜
寄書箋

漫將餘技列詩家滿腹經綸書五車楚國由來多俊傑果然秋實
帶春華

人經憂患情彌摯筆挾風霜詩自妍枵腹憑君多麗澤如何歸去
不留連

碧雲西望是君家欲別悵然漫怨嗟須識屋梁殘月色夢魂夜夜
到天涯

奉和巽軒先生八十八所感詩（昭和壬午十月）

育英講學好精神天幸斯文健厥身料得先生含笑見滿門桃李
競陽春

學術三朝幾變遷尙餘魯殿獨巍然天保吉人豈無意壽如松柏

不知年
氣體堅於金石堅學窮今古道通玄高堂此日來爲壽弟子白頭
猶少年
究理不知老將至東西羣籍日相親期頤飴背尋常事仰見立言
輝萬春

贈島田太堂二十二韵

同學少年日氣凌鵬與鯤嘐嘐思古道夷險孰還論此意竟蕭瑟
空看霜鬢緐親朋多就木獨有太堂存去年君偶至喜極却無言
行李未遑卸相招坐小軒書燈明四壁妻孥列青樽話舊腸中熱
感時淚暗吞告君且休去東道敢辭煩綠野思元老蕭條松竹園
水清如碧玉冷露濕荒垣先哲祠堂舊來尋通德門詩書傳世久
仰見布衣尊又共遊嵐峽臨流臥石根故都尙多勝何意遽還轅

因思君家事喪妻未續昏遺兒賴姑養千里夢相援今我接君信
坐驚歲月奔君來仍昨日再過暑如燔久旱苦無雨鬱陶神自惛
歡情無永忘雲箋手屢翻人生眞可惜努力且加餐

題清浦奎堂公詩京都某氏屬

海內聲名重聖朝爵秩尊豈言乞骸骨未許老邱園勳業因三德
寵榮記四恩公曾述其生平有四恩之說正逢多難日鳩箸好加餐公年八十宮中賜鳩杖乃擬作鳩箸以贈親朋託頌榮之意故下句用之

郊居詩用傅芸子君遊山韻

歌吹東山興正酣不知西崦勝堪探閒居臥病好聽雨笑殺當年陸劍南
卜居不患少同心幸有鶯歌伴醉吟日永幽齋無一事吮豪磨墨學山陰

野性尤宜伴麋鹿非才愧我伍文壇可憐結習未銷得黃卷青燈夜雨寒

再疊韵

荒園種菊坐秋酣老去無心山水探想得往年風雨夜孤舟聽雁在淮南

白髮青山託此心閑來無事且長吟桑麻種遍門前路不藉喬松十畝陰用成句

來去無心雲在岫高低有影月臨壇漁樵多樂山中是酒熟不知衣褐寒

三重韵贈傅君芸子

洛社風流韵事酣胸中雲錦自由探怪來時有清悽氣又似描蘭鄭所南

乘桴魯叟竊同心慨世又爲秦婦吟天運循環應在近不教君老
薜蘿陰
豐鎬武功拓王土陶蘇文采重騷壇與君剪燈好譚藝遮莫門前
風雪寒

四重疊贈豹軒博士

欽君詩興老彌酣荊玉隋珠任手探聞道碧山新築室又同摩詰
在終南
說書憶昔對堯心感慨發爲長短吟魂夢不離青瑣側形軀長託
碧山陰
文章欲奪古人席旗鼓方登大將壇須識先生厚詩教不輕白俗
伍郊寒

葵祭和傅芸子君韵

先王禮樂采唐風儀注尙存東海東少府金錢豐俎豆材官弧矢壯顒驄遶牆泉水淸而冽擁路綾羅綠又紅想得才嬪傳故事寫來都在彩毫中

櫻二首和豹軒韵

花開尤怕風還雨風雨飛紅減却春擬效黃門禱延壽休言多事是詩人

元戎旆映夕陽斜西望帝京天一涯腸斷勿來關上路春風立馬咏殘花

郊居用傅芸子君遊山詩韵

故園秋色想方酣水態山容夢裏探憐我白頭未歸得結茅空向鳳城南

和豹軒得姪陣中書詩韵昭和十六年

雪後茅檐酒力微倦看柳絮帶風飛幸逢聖代無詩獄吟罷悠然弄落暉原作有炭戸不來爐火小句

四野荒涼凍雀飢江南征戍夢相馳廻風急雪對爐火恍思杜陵愁坐詩

江南有信報春來想見先生愁眼開欲砻吮豪意無極不知燭淚積爲堆

臥病二首

偶抱寒疝神氣凋休言高臥事矜驕棲遲幸免督郵至不是淵明不折腰

連日春寒不出門火爐煙滅伴黄昏此生好似梅花瘦細雨斜風正斷魂

寄題獨嘯軒

此地園亭好蕭蕭楓樹林靑苔三尺劍（主翁早歲辭官埋劍宅側立石名埋劍碑）黃卷百年心山色變朝暮溪聲自古今輞川景非遠莫向畫圖尋

次鳳岡祭酒詠德皇維廉詩

文武才無敵自誇蓋世雄可憐昧天道唯識貪邊功碧海艨艟盡靑山兵甲空一生忘戰罪嗟爾項王風

大正甲子初夏送内藤教授遊歐洲和豹軒教授七律二首

兩京冠蓋士如雲可莫相逢討國聞欲溯流沙尋墜簡乃從石室校遺文唯言學術無畛域寧識東西有派分吾亦曾遊縈夢寐薛延河上更思君（法京學士院在薛延河上彼地學士以時聚會討論學術之處）

目送飛鴻入暮雲驪歌一曲豈堪聞人間未學山林士海外欲探金石文北極星高煙水遠南溟風急布帆分奇書萬卷任君見不獨魯論存鄭君

鳳岡祭酒餞內藤教授東山清風閣予亦陪焉席上長尾雨山次韻詩又得一首

名都法曲遏行雲十二年前予亦聞天下未全歸玉帛人間何事異書文劫餘草木榮枯變亂後山川利病分猶喜此游慰岑寂隨陪杖履有郎君

昭和戊辰春予將赴燕京鳳岡祭酒招飲東山清風閣湖南豹軒二君均有送別詩茲存和湖南二首

勝國文章化作煙誰能祕閣得坤乾校書原是千秋業未見河間筆若椽（北京東方文化事業總委員會有編纂續四庫全書提要議）

山河映帶草如煙闢道聖皇茲履乾今日翻爲招隱地卜隣許我結茅椽（君頃築室瓶原瓶原即恭仁宮址所在）

戊辰四月遊北京舟中次鳳岡祭酒送別韻

四月春風詞客船遠遊笑我志逾堅名山未就千秋業滄海空望萬里煙今日師生爲伴侶此行俱小川吉川二生他年鴻雪得同傳聞道薊南多豪士誰誦平原賦一篇

送岡崎學士遊支那時民國兵起南北相攻勢如亂麻

恤鄰長策竟如何隻手難回滄海波蔓草寒煙淸廟闕驚沙落日漢山河薊門孤客愁聞笛燕市羣兒笑負戈休向瀛臺訪遺事光宣朝士已無多

十年志業讀書縈喜汝觀摩在此行禹域山川餘涕淚堯封風雨長榛荊須徵文獻溯三古便討經師到二京別有民生念尤切如今南北未銷兵

庚午晚秋樂羣社友會於一乘寺村之詩仙堂時民國白山夫堅以事在洛亦修簡招之句中遠客卽指山夫

寒雲寥廓雁呼羣盃泛黃花酒正醺古寺有尼護遺像空山無鹿到孤墳丈山墓在堂南相傳丈山在時山多麋鹿來食園葵丈山憂之自製竹筒置於澗中隨水盈虛觸石發聲從此畏不敢近今器尚存無復麋鹿之迹矣詩章留得千秋業氣節傳來百代文勝會偏欣邀遠客半林楓葉對斜曛

樂羣社友會於內藤博士恭仁山莊席上和長尾雨山韻呈主人

園林風日麗魚鳥自親人避俗非輕世會文聊輔仁雲煙籠遠水梅柳點陽春莫怪低回久明朝又路塵

結廬愛閒寂巾葛伍農人種柳學元亮看山思友仁景同寧樂日興擬永和春常歎風流盡賴君洗俗塵

□□初夏樂羣社友會於細川侯南禪寺別業

賢侯淸暇日遊息只看山借問營營者名場幾往還

從軍行送某赴任哈爾賓

絕塞風塵暗鄂羅天兵百萬度關河書生自有防秋計碧眼驕胡柰汝何

歲晚志感 昭和戊寅

平生志業竟何如歎息光陰似逝波鄉園雲山新夢少酒家粉壁舊題多嶺梅有信驚春早塞雁無書感節過却喜歡聲喧里巷天兵今已度汾河

偶成 昭和戊寅作

愧我應時經術疎善隣長策竟何如老來堪向空山隱欲讀人間無用書

贈新城博士用長尾雨山韵

曆象通三統天文列九流豈同蒙昧日葉落始知秋周史稽張柳

漢詩辨女牛紀年重推步經籍好相搜

哭王靜菴七律二首

皇輿何處卜前程愁絕東南鼙鼓聲萬里煙塵傷故國千年倫紀
奈蒼生忠魂有恨隨流水野鳥無心弄晚晴三復遺書空歎息老
天唯合鑒精誠

夙將樸學老儒林供職南齋霜鬢侵無策匡時臣力盡欲謀辟世
主恩深湖山不改千秋色忠義長留一片心憶到燕都譚藝日斷
腸海外少知音

同諸友詣近江小川村藤樹神社慨然有作

江山鍾秀麗千歲篤生人傳統王門學探源顏氏仁至誠能化賊
純孝不離親瞻拜思遺德春秋俎豆新

遊高野山檜谷老人來迎臨別有詩見示卽次其韻大正庚申

心似閒雲出岫時不關世路有嶔巇名山好託千秋業琳宇長欽百代師幽澗春遲泉始響喬林霜早葉先知他年予亦隨公去共賦淮南招隱辭

始得孫昭和己巳

說書崇政白頭臣每遇恩榮倍憶親偏喜老來淸福足今朝又作抱孫人孫生後數日至京講書禁中歸路至產院初見

平生憂患暗雲披喜電傳來接手遲似聽咿唔聲已發傍人勿笑太翁痴

題某鱖魚畫

一篙新水長輕莎兩岸桃花映碧波旅食江南殊不惡鱖魚風味入春多

庚辰歲暮次豹軒韻二首

老去詩情薄只爲驢馬鳴欲和數才盡不寐到天明
何日乾坤轉和風徧萬邦燈前讀周易春意在梅窗

哭老友岩元君

四十餘年歎索居屋梁落月夢如如我來問病總無語腸斷牀頭老杜詩（君愛杜詩至歿不釋卷）

梅花七律四首

不移靈種向朱門開遍江南江北村幽谷春風高士恨空山流水美人魂關河夢斷家千里鼓角聲殘月一痕休說廣平文字弱凌霜勁節此中論（右予壯年作頗爲先生所賞大正庚申正月喪耦予亦抱病家居無聊偶見梅花破蕾悵然觸懷賡成三首）

幽姿麗質玉精神彷彿林間逢若人笛裏關山空有淚鏡中幻影本無塵淡妝綽約風煙夕勁節槎枒霜雪晨自是孤高不諧俗笑

他桃李媚陽春

春柳繞門門半扃幾株踈影暗飛馨粉妝愧學宮娥面縞袂恍疑仙子靈雪後千山孤帳白水邊丈室一燈青傷心尤是風前曲記在江南月夜聽

低鬟踈鬢影橫斜玉骨長傍水一涯夢遶瑤臺雲是友神遊仙窟月爲家江樓曉角吹殘雪野寺晚鐘鳴落霞一自種花人去後年年幽恨對寒葩

次鈴木豹軒教授將遊歐洲留別韵

無窮積水望悠悠不羨人間馬少游料得鵬心橫碧海莫教鶴夢落滄洲

大海之東更九州名都賦就足遨遊想君去向鄂羅道猶有風雲破客愁

山河百戰嘆滄桑回首曾遊已十霜慚我衰遲詩別調憑君豪氣志同方須知學術無疆域誰道人間有白黃旅食兩京殊不惡何唯眼福飽琳瑯（眼福飽琳瑯斥英法二圖書館所儲敦煌石室遺書及西域殘簡古畫）

西山遊某寺寺安置觀世音像即西國三十三所之一

大士道場三十三慈悲歌詠俗相諳我來瞻禮山中寺只見清風拂碧嵐

吉野懷古七絕共湖南博士賦每首第四句下用南朝二字

延元陵下草蕭蕭不是詩人魂欲消賴有櫻花千萬樹春雲靉靆護南朝

二楠雄武冠羣僚百戰山河血未消化作櫻花千朵雪忠魂猶自壯南朝

朱門碧閣鬱岧嶢想見當年會百寮千歲帝魂何處在落花如雪

鎖南朝
行宮遺址宿狐梟空使騷人愁思撩猶有風雲壯山色層巒如廓
擁南朝
山中日夕起悲飆花落禽鳴春寂寥腸斷延元陵畔路斜陽下馬
拜南朝
古陵松柏倚雲霄形勢依然似武甍天子蒙塵遺址在青山一帶
是南朝
陰房夜嘯有山魈旅館寒燈手屢挑虎擲龍爭仍昨日苦風淒雨
泣南朝
延元陵下翠連翹猶似宮嬪粉黛嬌別有君王看不飽青山依舊
繞南朝
夙繙青史短檠挑千歲忠奸事自昭可惡俗儒迷大義漫將成敗

議南朝

明治辛丑再奉官命遊學清國熊本諸友餞于酒樓席上次落合君東郭韵（以下壯年作）

再攜書劍作西游笑我雄心不暫休楡塞風雲虎狼窟金陵佳麗帝王州十年破帽長成客一夜明鐙靜照秋却怕姑蘇城外泊江楓漁火惹鄉愁

滬上襍詩

遲日江南鶯亂啼蹈青幾隊趁輕泥三春何似家鄉好花滿園林水遶堤

平生痼疾是煙霞勿怪書生不憶家三月江南春又去十年辜負故山花

瀋陽何日止干戈（時露兵占領滿洲）忍聽胡兒勅勒歌惟有江南花似雪

酒痕不及淚痕多

家在扶桑路萬重吳頭楚尾渺萍蹤江楓漁火今猶昔腸斷寒山古寺鐘

寄岡西門從軍在滿洲軍政署

關塞風雲暗轅門旗幟明瀋遼沒胡虜父老望天兵草檄奇戈在請纓毫氣橫好教閭里靜不負作儒生

漢上題襟日（壬寅秋予至武漢與君同宿）江南分袂時三年空契濶萬里任驅馳烏啄城頭骨燕巢路上枝浮雲遊子意搔首永相思

鳳鳴傳絕學（君爲楠本先生高足弟子）入室有斯人文則韓蘇古詩探鮑謝新友朋憐落莫天地正風塵神武非多殺能宣聖主仁

己巳歲除夜書感

故鄉短驛又長亭默數歸程酒半醒烽火北門新版土衣冠東國

小朝廷（斥朝鮮）山中老宿頭將白世上英雄眼孰青守歲燈前無限感雪聲時帶雨聲聽

與坂井博士二首（昭和癸未正月）

聞君移屋向湘南滿目風光勝可探尤喜東厢多內助彩毫在手伴研覃

少年意氣笑鵬鯤老去偏驚歲月奔想到後凋舊同志只今唯有二人存

祝中島宮司七十

武烈煌煌輝八紘豈唯人事所能成延年七十未言老誓仕神明報聖明

雪（昭和癸未二月）

望眼東山暗廻風雪片飛炎方音信絕愁坐思依依

古田住友總理事招宴民國王君逸塘席上庄司杜峯有詩乃次其韵示王君癸未五月

握手偏憐送幷迎只希明日海波平憶君獨在舵樓上東望雲山空又情又一作有

滿腹經綸推國華滿腹經綸一作經世文章推一作飾賢勞莫怪鬢霜加相逢先問再遊日勿厭道途煙水賒

欲拂妖氛撤燧烽齊鑣竝仗約相從執盃勸酒君須醉遮莫高堂玉漏重

外禁其侮莫如武內厚厥交尤重文想得先生有微旨旨一作意下車先謁律師墳

天下紛紛正用兵國民一億盡干城同仇況有隣邦在誓滅驕胡闡帝紘

鄉友大里君喪子詩以慰之

玉折蘭凋柰命何憶君枕席淚痕多青山滿目秋蕭瑟獨坐莫教雙鬢皤

聞南洋戰爭慨然有作

死比（一作是）鴻毛義泰山海城無復一人還千秋不藉馬班筆正氣長留天地間

昭和甲申元旦次大里君韵

漫將書蠹證前因堆室青編樂更新七十七年未言老野花啼鳥一般春

寄林一茶五古十韵（甲申二月）

嚴寒猛於虎同病殊相憐譬諸上山嶽號呼後與先密林石磴滑
自戒莫傾顚岸下臨深谷小心須轉旋一居蘆屋側一住鴨河邊

電話訊消息兩情每貫連飜思干戈起於今歲月遷西土未戡定南洋又爆煙空愧老無用憂時失夜眠前途猶可見勉共完天年

明治戊辰西南兵起予時年甫十歲一家相攜避難福原未幾喪母村又爲兵火所圍隱於赤井川石磯之間數日幸得無事頃者木山郵便局長吉村翁囑姻戚某畫其地風景相贈見之園林樹木橋梁民屋與予童時所見甚異隨時變遷者不翅人事也卽賦里句以酬之云

彈丸如雨遶身飛赤井上流藏石磯欲向村人談往事偏憐老去舊知稀

過大塚君宅作

我來屢訪子雲居主客相忘樂有餘腸斷高齋人已去案頭空列讀殘書

偶感用鈴木君豹軒宿浪華客樓詩韵

汲古無功慙偷生休言老去擁書城人間未聽中和曲宇內空聞鼙鼓聲聖武撫民因道義天驕擴地飾文明感時半夜不成睡遙想西南征戍情

昭和乙酉三月廿四日作

怪雲鬱積月無光白晝擘燈迷我房天象不關軍旅事勿從劉向說陰陽詩已成有人曰廿三日敵機來襲浪華燒民家至曉未止火氣上以致天象如此豈非與人事相關乎予無以荅之

昭和乙酉四月廿五日偶成

國家多難世無益衰老餘生何所惜此夜寒齋絕爆音殘燈影裏讀周易

次鄉友某明治節感懷韵

菊花不見坐秋酣蔬菜種園東又南白髮老人多感慨自生明治

改元三

述懷一用前韵

唯傳滅敵戰方酣不想艨艟沈海南千秋仰見尼山訓兵食爲輕
信重三

二

戰終善後雜論酣安得俊英車指南休因命運語興廢天地之間
人列三

三

甲論乙駁議方酣忽見敵來從北南遺憾百年忘不得漫將暮四
代朝三

四

擁腰舞踏興方酣謂侍米軍駐自南聞道大街多盜賊勿留不去

至更三

寄山中僧二首

上界鐘聲次第聞寒谿蘭若落紅曛偏憐未逐訪師約空倚高樓
禮白雲

比叡大師修道場山中樹木盡千棠勿言末世少龍象猶喜有人
輝佛光

除夜述懷

國破何須思舊俗偏憐無物樂兒童老夫所慰君休笑枕上還聞
除夜鐘

贈阪倉篤義

山河百戰莫彈痕喜見歸來豪氣存勝敗兵家君勿恥好修舊業
報天恩

寄今田君

公穀居前得左三春秋大義好研覃學術變遷因世運不唯東晉杜征南

與大簡

盂蘭盆會幾年過觀昔燈前感慨多須識安心求有地早秋入洛勿蹉跎

受業吉川幸次郎
孫狩野直禎　校字

君山詩草一卷不分體不編年晚年手寫爲家藏之稿先生生於明治元年戊辰髫齡能詩鄉黨稱曰神童百熊百熊先生幼名也既遊東京大學受業島田篁村專意治經而吟詠不廢當時篇什雜誌帝國文學錄其一二帝國文學者高山樗牛林二郎所主編先生亦邀爲同社也庚子以文部省留學生往北京義和團俄起使館被圍先生亦在圍中圍解回國復遊江南此篇錄詩起於此丙午任京都大學教授一時鴻碩荒木鳳岡寅三郎織田鶴陰萬內藤湖南虎次郎小川如舟琢治近重物菴眞澄鈴木豹軒虎雄皆其同僚唱酬甚盛處士與之者西村碩園時彥長尾雨山甲昭和戊辰停年辭官復與湖南雨山如舟爲樂羣社而此所錄非其全豹蓋先生之業固在於經其君山文猶有意問世詩尤餘事故錄之不勤遺珠猶多也去年十二月十三日先生十三周忌辰門

人合錢刊君山文今用餘貲刊詩草有一二字頗疑筆誤不敢輒改至於外集之編謹俟異日昭和三十五年歲復在庚子七月受業吉川幸次郎謹記

京都中村印刷
株式會社承印

稱觴集

稱觴集

昭和三年戊
辰二月狩野
教授還暦記
念會刊

寵辱惟從命行藏欲問天詩
書修舊業風雪送殘年四
老醫無力禦寒酒有權靜觀
思物理春信早梅傳
經業無新得皋比愧素餐門

庭三口少風雨五更寒身為家
貧健心因才拙安老來多樂事
不獨酒杯寬
録舊作除夜詩以代
六十自述　狩野直喜

疇昔曾聯縞紵歡，耆年襟抱海天寬。老人星耀扶桑島，博士風高苜蓿盤。東魯雅言傳襆鼓，西京清望重儒官。比皋自有千秋業，金石相期共歲寒。

半農博士仁兄六旬大慶賦此作稱觴之助　弟王樹枏

狩野君山博士六十壽敘

光緒中葉予旅食滬江時

狩野博士適留學敝邦予友藤田劍峯博士爲之介初相見挹其氣沖然儒者已心異之締交稍久知其學博而守約溫溫然君子也逮予備官學部

君與內藤小川諸教授來京師觀學部所藏敦煌古卷軸相見益驩交深於曩昔辛亥仲秋革命軍起

君與內藤富岡諸君移書勸予浮海東渡且爲之卜宅感

君高義乃與海甯王忠愨公攜家投止舟至神戶

君與東西兩京知好往迎迓

君之夫人躬執爨于京都治餐以待遠人其俠腸古誼雖
肺腑昆季不能逾也故居東八載賓至如歸幾忘其覊苦
及歳己未將返國
君與京坂故人多方維繫謀所以安遠人者及予歸計決
乃與兩京耆彥祖餞于圓山公園復送至舟次鄭重而別
予既寓津沽甲子秋入值
內廷再逾月而遇
宮門之變時邪說横行全國中無敢執正義以相抗者
君與諸教授聞而憤甚以爲三千年之綱常大義一旦且
漸滅乃箸論以警當世且移書慰問明年

君以事過津沽謁我
皇上于行朝進退無不中禮近侍莫不歎頌于此益知
君口誦古人之言躬行古人之行毅然以名教自任罔非
當世學者所可跂也明年戊辰爲
君六十初度爰敘平生交誼之雅爲文以代兕觥之祝謹
誦南山有臺之詩曰樂只君子遐不眉壽樂只君子德音
是茂又曰樂只君子邦家之基樂只君子邦家之光旣以
祝
君之純嘏天錫且頌
君之有光顯于邦家不僅一身之榮已也予賦性直質不

能爲諛辭以取悅于人茲之所述于
君之德業稱揚未盡則有之蓋無一字之虛誕矣丁卯九
月六日愚弟羅振玉謹敘

狩野博士周甲壽序

隋唐以還日本承學之士慕周孔之治道六藝之文教不避險艱踔大海數萬里以留學中國學成則詩書禮樂船載以俱東由是文物聲明布濩三島伯仲宗邦猶魯衛然當時遊中土者贈紵投詩連襼接踵歷宋元明清下迄同治光緒之間來學者未嘗絕也今四十年前維新說盛中日皆怵然於科學之猛鷙國勢之阽弱毅然思變舊法淪新智以與列國角日本以首倡而獲強中國仿傚之而仍不免於弱模歐範美視周孔之教六藝之澤頓若弁髦不惟日本學人由斯絕跡于中邦卽華人亦且痛自貶損糠

粃其固有之國粹貢笈歐美冀沾丐其唾餘終且轉師日本絡繹奔赴歲以千萬計重譯歐說而歸其榮也若甚於衣錦蓋近代學風遷流之速凡若此無何歐戰告終東西閎識之士始憬然於物質所長利一害百而經世之宏猷建國之丕基舍周孔大道實別無長治久安之策廻憶曩所崇以神聖奉若父師之西哲其粗者皆藝也而不足以云學其精者亦術也而未足以幾道民生而外無政治也生存而外無哲理也夫事當情見勢屈之後縱能覺悟已不得矜爲先覺矣然數十年來之迷謬方深中擧世之人心驟反其說其且駴且怪且笑罵者吾見其十仍八九也

嗟夫東學之足救世也如此其亘斯世之待覺牖也又如此其亟値存亡絕續之交意必有魁儒畸士應運閒出爲先聖所式憑寰球所託命者以守以待以撥以反是非求諸東方先進之國殆蔑足以語此也乃環顧吾華近三十年之教育莫非斲小英才酖毒後進斯道之薪傳幾絕矣而僅存之碩果又或湛溺文藻託華離不根之詞爲性命更或記醜而博以貪多記誦爲奇勛譁世取寵則有餘傳經治事則不足呫嗶終老於身心之摻履無涉也箸述山積於道藝之鑑衡茫如也儻以覺世牖民之責託之其人甯非適越而北其轅乎抑有高談民物雌黃古今世方以

管樂相期一旦棄權則建策若童騃制行甚穿鑿斯又末世學妖不足語于士林之列者已孔子不云乎女爲君子儒無爲小人儒君子者其學爲己而不爲人其効救世而不計身吾不敢謂今之儒必無君子也顧求之熙來攘往中則固爲人以計身者多而爲己以救世者少是則君子之儒既不易索之國中矣側聞歐西異種有能服膺吾儒者猶願馨香而尸祝之矧同文同種近在東方國異而學本不異者乎日本　狩野半農先生留學吾國之最後者也吾雖未讀其書而　先生於日本固爲漢學之弁冕主講經籍漢文於西京大學者且二十年其名已早震於吾

耳往者遇於北京稠人中未遑深語輒見爲粹然君子也
客歲不佞東游酬酢倡和益識其眞果哉其爲君子也歟
風之忽盛忽衰悉　先生所目擊吾意　先生所學必爲
昔年之所賤簡曾幾何時吾道自光而異學終詘其克以
揭櫫周孔發皇六藝舍　先生將莫與歸吾知銅山傾而
洛鐘應吾國雖乏君子之儒聞　先生登高之呼亦當蘧
然以醒皤然大覺俾我留東諸生恍然於爲己救世之學
固有在此而不在彼者矣明年正月適爲　先生周甲攬
揆之辰其徒鈴木松浦諸君書來爲　先生徵文余與
先生幸同方術且有一日之雅感方今世變之劇念非君

子之儒不足以挽此浩劫企望　先生出其所藴蹐斯世
於仁壽世既沐　先生之澤亦孰不願以升恆無疆之壽
還以禱祝　先生者　先生誠有樂乎此哉余雖駑老猶
願挹浮邱之袂躡赤松之蹤追隨　先生於蓬萊方丈閒
熙然而上春臺之頌矣

賈恩紱

狩野半農博士六十壽詩

新奇世爭尙通士何寂寥六經委榛莽不啻秦火燒儒術
豈云賤譏侮良自招漢既苦拘滯宋復患虛枵有淸文治
盛尤在乾嘉朝考訂與義理議論殊喧囂出入互求勝空
費調人調人道苟不絕公理終常昭一自戰禍興萬象咸
枯焦儒風更不競有似淩秋茗我老不曉事羔雁枉相要
幷州開講帷授詩忘昕宵時已廢經傳異說方如潮絃誦
徧三晉聞者疑爲謠海東乃異此漢學長不祧　博士
今魁彥傳經歲月遙琵湖自澄澈嵐山信岧嶢猛志振衰
靡虛懷祛矜驕學術九流貫聲名五洲超東游早相慕末

見中心怊從古有神交萬里初非遼每對一紙書臨風想

清標行年倏六十朱顏猶未凋願祝　君壽壽炯若北

斗杓東方文化基永令無動搖兩國同努力吾道寧久消

長汀江瀚未海甫稿

君山道兄周甲大慶

昔我觀光羨上都風流文采富圖書福原江馬通儒選鐵
眼荃樓大雅扶水戸經師追遠澤松陰人傑樹新模迄今
又仰
君山志玉振金聲德不孤昔余至京都福原周峰先生江馬天江先生詩僧鐵眼皆有唱和而河井荃廬名仙郎研究古文篆隸其書法鐵筆皆世所稀有
杕杜曾來賦道周故宮禾黍弔油油崎嶇瓦礫尋青瑣親
切金蘭慰白頭圓嶠方壺春正永右丞晁監古爲儔十年
以長吾爭健嵐峽桃山會共遊

同學弟北京王照拜草時年六十九

七

維新學自姚江衍宗聖功還舜水遺客采國風思往昔天留書種到今茲儒家信有安心法壽相初無皺面時三百杯傾門下酒重瞻温克漢經師

半農博士六十初度

志盦王式通敬祝

二

君山教授周甲榮壽聞教授近將告休

周孔不復出道義日湮淪眞儒旣寥寥譬如星在晨天未喪斯文繼開必有人尙書燔秦火虞夏安問津伏生過大耋傳授口自陳六詩三百篇四家分傳薪正葩憑誰說浮邱傳其眞天降耆頤叟遺經得不泯興衰雖時變千載餘韻新滔滔今何世六籍委埃塵君山獨崛起咀嚼道味醇宣揚微言旨激波泗洙濱績學老彌邃文章筆有神儒宗叔孫通故訓馬鄭倫四門重博士聲名六十春飲食壽且康粹然氣象純近聞賦遂初避賢乃得仁謬忝布衣交情誼荷深淳贈詩擬縞紵硬語難雅馴

長尾甲具稿卽請

誨定

褒創伍軍全命艱危之間上天憗遺惟壽惟康付以大任
正誼明道講文澆薄之世後學思服自南自北仰爲眞師
狩野子溫博士齡躋六秩謹屬蕪詞以頌
大正　　　　辱知　瀧川資言再拜

靈芝賦並序

半農先生延予觀於後圃蔽蒿蔓衍松杉翳蔚東偏枯楳一樹細篠環生先生披叢指謂曰得無所見耶就而視之有物偃蹇紫蓋朱莖離立而矗予曰嗟乎芝也曰子無之異也比年常有我采而藏之出一銅滴所挿纍纍六七莖皆此物也予歎曰物遇人而爲瑞純德之至應哉焉可無賦于是乎賦之其辭曰

俟洛邑之東牧兮寔皇都之奧區託叡岳之坤維兮據辟雍之乾隅面巘業而創宅兮帶潺湲而構居縛茅竹於閒敞兮誅榛棘於荒蕪喜編戶之有鄰兮樂仁里之成廬服

先王之大道兮玩上聖之遺書求微言於百氏兮指正中於岐途春秋忽其代序兮志日月之疾驅育俊秀以上薦兮及遲暮而自娛豈有德而不酬兮謙光闇其日昭嗟天道之達順兮降奇瑞以建標涉後圃而踟躕兮穿荒逕之窈窱松杉鬱以蕭森兮蘞蒿誕其繚繞巡枯楪於東偏兮識靈草于細篠擢朱柯而偃蹇兮傾紫蓋以夭矯霞軒軒而承陰兮月亭亭以臨表擎清露之溥溥兮陵素雪之皓皓凝玉膏以成體兮潤元液以吐香矗獨立之奇穎兮流四照之神光夫牡丹芍藥之韡曄兮當玉階而煇煌櫻杏桃李之妖豔兮蠱衆目而跳梁苟異趨而殊操兮何競飾

以闢粧尙楚鬼之采秀兮陋漢臣之歌房去雲衢而幽處
兮對巖岫以密藏易陳荄之托根兮蔭朽株以旅行連椒
桂而敷景兮錯蕙蘭以聯芳招翔鳳於雲畔兮起潛龍於
石傍念昔人之高踏兮厭俗累而遯世雖洗垢而潔己兮
或矯枉而怫戾惟先生之屈信兮察時義而適勢求平林
而道德兮御安駕而六藝匪必深谷之透迤兮循夷途而
容裔就灌莽而爲商山兮俯涓流而視延汭攜三茅而長
嘯兮邀四皓而共甛寛盤桓而植杖兮望白雲之搖曳憎
優游而無悶兮倖尼父之卒歲

弟　鈴木虎雄

鹽谷温

節山先生詩文鈔

鄮山先生詩文鈔

夭壽無知命在天
老驥伏櫪愧甄全
志存千里何時達
百歳僅餘二十年
丁酉六月
節山道人

節山先生詩文鈔序

眞嘗學第一高等學校於向陵始謁鹽谷青山夫子又執贄菁莪書院於礫莊夫子承宕陰簣山兩先生之家業講漢文學質實剛毅斷斷猗有古人之風最長文章兼能擊劍眞亦從學焉所謂向陵健兒之氣風鏘鏘鳴于天下者夫子之風化與有力焉今嗣節山先生襲其衣卒業東京帝國大學奉官命遊獨逸修西洋學者東洋學研究法後轉學清國歷訪耆宿碩學遍覽古今文學之變遷歸朝後以助教授講支那文學於東京帝國大學尋陞教授俊爽之氣聰慧之質遠溯唐虞三代研

蓋聞幽秦漢文章六朝辭賦唐詩宋詞元曲明清小說沿源探委繼前賢之遺緒開後生之進路一時學徒翕然無不傾倒焉明治以還西學漸盛漢學日衰雖有碩學鴻儒無奈大勢先生廓然有大志卓立獨行欲振斯文於狂瀾既倒之後意氣軒軒日卬昂持長君之風容拔志士之肝膽鳳翔龍躍有天馬行空之概既長乎文又優乎詩吐露赤心發舒豪懷務宣揚皇澤發揮國粹尚意氣屬士節發為嚴厲之文章結為雄渾之詩賦蓋志得從違之所發何其盛也噫乙酉之變奚忍言守稷咸況於千仞之壑國祚瀕於累卵之危億兆有罪志士慟

哭先生時既告老懸車家遭爆笑貽隱鋒阪轗軻阬隉零丁辛苦真時膺東京帝國大學教授之任請罷其職尋被譴逐先生遠來執真手而泣痛歎時事之非深表遺憾之意真雖不肖哀泣而益感先生之義氣亦相泣嗚呼士生皇國浴列聖洪恩舉無比國體一朝遭陽九上下惑亂士之失節賣操苟生保身免而無恥者比比皆然祖國之再建斯道之興隆其何以企望之哉先生激憤厲志以斯文之重自任益壯益堅振木鐸於海內東奔西走栖栖不遑天下仰以為泰山北斗今茲丁酉先生齡踰八十鬚髯皓白酷似乎青山矣子瞿鑠逾壯

者飲酒乘興朗誦高歌也慷慨淋漓如不勝感其所作
詩文愈窮而愈工裨益民心之作與資助邦家之復興
者豈鮮少哉於是門人知友胥謀再建菁莪書院於礫
莊舊居之傍結綴青山夫子之垂繞劉刊先生詩文鈔
歌以為頌壽之記念命真為序誼不可以不文而辭也
設略敍其行事之大心事之正若以為辭若夫忠孝之
操節友誼之親睦情愛之纏綿一繙而讀之則惱然而
悟油然而解焉何須真輩之贅辯乎

昭和三十二年丁酉春四月

受業　高田真謹撰

節山先生詩文鈔目次

題簽　受業　竹田復

序　受業　高田真

上篇

下篇

南京文學報國會賦似

新憤激　因勅語爲題

神風隊歌　海空軍特別攻擊隊

礫荘羅災　錄一

牧野偶成　三首

新憲法公布所感　二首

天馬歌　贈辛島生

行己有耻行　祭内閣總理大臣廣田弘毅君

神氣淵山行　參議院議長松平恒雄君一周年祭典賦奠

拜誦大正天皇御製詩恭賦

孔夫子生誕二千五百年祭賦奠

聖像遭難

斷絃行　悼節子

續絃行　與晩香

將進酒　戯似同人

賣書行　二首

麻布學園中學生招魂歌

天龍川佐久間大堰堤竣工賀詞呈間組神部社長

賀次男楨磨醫學博士

礫莊新年會賦似

節山先生詩文鈔目次終

節山先生詩文鈔上篇

受業　内田泉　編

上内閣總理大臣東久邇宮稔彥王殿下書

東京帝國大學名譽教授鹽谷溫頓首再拜、上書内閣總理大臣東久邇宮稔彥王殿下。忽遇皇國未曾有之凶變、謹承八月十五日播音大詔、拜聽之下、感激恐懼不知所出。皇師失利、四國强降。是誠君辱臣死之秋也。皇民一億、不忠之罪無所逃。而聖恩寬大、諭以更始一新、罷戰解兵、為萬世開太平。宜謹遵敕命、戒慎懺悔、堅忍自彊、臥薪嘗膽、謀國力之恢復、酬皇恩之萬一。恭惟殿下聰明天縱、兼文備武、以皇室之懿親、膺大政之燮理、勵精圖治、刷新庶務、大開言路、轉禍爲福、更張皇猷。民望風奮起、進而思爲用。温雖伏櫪駑駘、願十駕附驥尾、以追後塵於千里。伏祈殿下憫其狂愚、不罪無禮、則幸甚焉。殿下蒞臨之初、披肝瀝膽、列擧敗因、直截明瞭、猶指之於掌、論及道義頽廢。温感歎以爲殿下有是言、實生民之幸福也。司馬光曰、風俗天下之大事也、而庸吏慢之。明治初改革諸政、取範歐米、開物成務、偏重科學、移風易俗、輕視道德。於是思想淆亂、邪説横流、忠孝仁義之風掃地、將危國體。明治天皇軫念弗措、下教育

勅語、溯國體之淵源、定敎學之大本。謹按敎育勅語實
皇祖皇宗之遺訓、其大旨以五倫爲宗。五倫明而天下
平矣。大東亞戰起以來、軍官弄權、商民貪利、上下無信、
闇市流行、吏不能禁、物價暴騰、人不聊生、風俗敗壞、國
力疲弊、外征將士雖奮勇於前線、無仗不給、戰局不利、
終至仰聖斷、何勝痛恨哉。夫培養國本、興復民力、莫先
於振勵風俗、莫要於昂揚道義、道義昂揚、則士風奮發
百敗俱起。道義頹廢、則民心萎靡、萬事悉落。自然之理
也。苟欲昂揚道義、盍反其本。本則何、敎育勅語是也。溫
見來國父師會宣言、主唱家庭道德、注重孝道。孔子曰、

夫孝德之本也、教之所由生也。東西一揆、是實世界平和之大道也。又按孔子之教、即東洋文化之精髓、日支親善之根本也。從來論日支國交者、開口則曰唇齒輔車、又曰同文同種、而其實拜英米下風、務藉其餘威、以臨彼、締結不平等條約、以為得策。矛盾莫甚於此。彼豈不憤慨於心哉。是排日抗日之所從起也。鷸蚌之爭、為漁人之利。可不戒哉。往昔也、尔多會議、藉分石以擁護日本國體為念。及我屈服、則蔣言曰、報怨以德。是非徒賣恩於我也、以為欲制霸世界、光復亞洲者、非日支協力、則不可也。故以友好對我。我宜亦育報德、以互惠平等爲準也。顧兩國有隋唐以來一千三百年之交誼，且共奉孔教。彼此修好，宜由文化爲重。欽差使節，須以通儒雅者任之也。明治初駐日公使，何如璋、黎庶昌等，樽俎折衝之旁，每春秋佳節，會諸名士，詩酒徵逐，以通兩國之好。温曾遊北京、南京、新京，與王克敏、汪精衛、鄭孝胥等交驩，一見如舊知者，亦由同文同道之通誼也。凡在我學校，必可課漢文及支那語也。不然，而徒說兩國親善，猶緣木求魚耳。或謂使彼學日本語，可也。是不唯徒日獨善優越之謬見，所謂知一而不知二之論也。彼能以日本語對我，而我不解支那語，是彼知我而我不知彼也。兵法曰、知彼知己、百戰百勝、不能知彼、寧可求我勝乎。是所以對支外交之不振也。本鄉湯島聖堂、奉安御物孔子像、每年祭祀、皇族台臨。支滿使節來拜、莫不感歎我崇聖之篤敬。切希殿下吐握餘暇、光臨致禮、以勸奬孔教、則不啻道義昂揚、可期而待、必於善鄰之誼、所裨益不尠矣。方今米軍占領本土、說民主唱自由、變改教育、以破壞家族制度、國體之危如累卵矣。昔者佛軍之蹂躪伯林也、大學教授菲希特、發憤移檄、告獨逸國民、以發揮國粹、作興民心為要。為我國民者、不宜不注重國本、振興教育、涵養精神、以期國家再造也。故東京都立高等學校長阿部宗孝辱殿下殊遇。溫孝友善，曾介安田中佐謁殿下於名古屋行營。今宗孝既歿，無從晉謁。不顧僭越，謹叙蕪辭，論當世之急務，以奉答殿下求言之盛意。一曰，道義昂揚，宜由教育勅語為宗。二曰，對支外交，以東洋文化為重。是論旨之大要也。若其詳細，則固非筆紙之所能悉也。老馬之哀鳴，幸蒙伯樂之一顧，則不勝光榮之至。冒瀆尊威，恐懼多罪。

恭書花董御歌後

兩儀分性，剛柔配德，男行女隨，夫唱婦和。故婦人無專制之義，有三從之德，古之道也。泰西道德，以個人為重。

固與我國以家族爲主者、不可同日而論也。明治以還、文物制度、取範于歐米、學校教育、注重于格知。於是陰教勃興、有大學、有高等科、殆與男子無異焉。然往往長於知識、而短於德行、重於個性、而輕於家庭、識者慨之。未有一家二主、而能治者矣。牝雞司晨、實亂之階也。女子學習院、奉昭憲皇太后之懿旨、爲教育華胄女子處、皇后陛下、亦嘗在受業之列。是以常垂寵眷、親臨卒業式、又視生徒肄業、以爲奬勵。賜國歌一章。大正十四年六月十九日曰、宇都布志天、仁保布春野乃花菫、人乃心仁、宇都志天志加奈。謹按歌意、凡女子以謙讓爲美、入則孝於父母、出則助夫教子、通於古今、應於內外、是其宜也。蓋夫昭憲皇太后、金剛石御歌、以奬勉學慎交友為旨。而今皇后陛下、花菫御歌、以涵養婦德為戒。異途而同歸、勸諭深婉。捧誦數次、未嘗不感泣垂訓女子之優渥也。故才氣煥發凌男子者、非婦道也。卑屈頑隨、缺內助者、非婦道也。為本院學生者、豈不勉勵學業、陶冶品性、以為婦女楷範、深思所以奉答徽音、而可哉。

中華民國大使館重陽節宴集序

昭和甲申、九月九日、中華民國大使蔡君子平、張雅宴於公署、招都下學士文人、賦詩賞節、以尋重陽之故事。

是日也、天晴氣清、風送新凉、白露薄階、黄花盈砌。豐亭午、群賢陸續來會者二十餘人。欣欣晤談、和氣滿堂。觀書品畫、分韻唱和、或叙雅懷於玉什、或遣豪興於金觴、獻酬交錯、情意和洽、賓主盡醉、歌吟互起、爲歡甚樂、不知世間有風塵之警也。宴酣、大使起諗曰、疇昔何黎諸星使、常設讌席、萃兩國之冠裳、叶同文之雅韻、有唱和詩合刻之擧、吾甚慕之。客歲星岡雅集、議刻神州詩社、以詩爲兩國親善之要訣、不亦可乎。余代衆答曰、偉哉大使之志也。夫詩以言志、非説理也。故通幽情、暢友誼、感鬼神、莫善於詩。今人談兩國親善、開口曰中日同盟、又曰經濟提携、是徒說理、專曰利耳、絕無情意、適於其間、不足動人也。議論益熾、而人情愈乖、終啓鬩墻之爭、殆忘外侮之至。余不知其為何說也。大使為人溫厚和平、學問淹博、文章富贍、首唱開設吟社、述前賢之遺緒、以謀親善於根本。然則斯舉也、不徒為風流韻事也、實所以善鄰修好、消猜嫌於未然也。大使之慮、可謂遠矣、衆議韙之。於是舉委員、以資籌備。顧何如璋、黎庶昌諸公之來駐節於此邦也、深稽隋唐以來交通之歷史、每春秋佳節、會兩國儒雅之士、設宴於勝地、吟花嘯月、酬唱款洽、以敦同文之歡、至今傳為藝苑盛事。當是時也、寰宇昇平、奎運蔚興、文則有重野成齋、川田甕江、詩則有森槐南等、濟濟多士、極一時之選、輓近耆宿凋零、作者不振、難嗣明治之大雅熙音、是為可憾耳、誦先考青山文鈔所載、紅葉館宴集序、不能無深慨於胸中、聊裁蕪辭、以賛大使之盛擧云爾、

送東京帝國大學生從軍序

維時昭和十八年十一月十二日、東京帝國大學學從軍學生壮行式、総長垂訓、學生総代答之、禮重而言簡、凜乎述其決意、満堂感動、式後整隊伍、進二重橋前、望闕拜訣、三呼萬歳、聲動天地、明日余參内見侍從長、獻

詩而退。越二日、文學部支那哲文學科生十數人、從教授髙田博士、參拜湯島聖堂、博士餞以袖珍論語。余起諗衆曰、宇内萬國、唯日本爲尊、而國力之强、大英如今日。諸子幸享生於此土、而際會於千載一遇之秋、奉君命出征。古歌云、海征死水、陸征死野、死在君邊、不期生還。眞是日本男子之本懷也。但諸子立志、自小學中學、漸進大學、未及畢業、中道從軍。世人或憾其失早。而余獨憾其不早耳。何也。夫大東亞戰之起、出於不得已也。皇上赫怒、下詔宣戰、膺懲宿敵。皇軍踴躍、海陸並進、連戰連勝、勢如破竹。雖然、米英大國也、富强十倍於我。我以有限之兵力、當彼無限之物力、衆寡不敵、兵交彌年、我軍戰頻苦、勝敗之數、不可逆睹。皇上憂慮不措、忽命駕幸伊勢、親拜神宮、以祈戰勝。是實開闢以來、未曾有之事也。皇民一億、誰不恐懼感激哉。恭惟神武天皇、東征六年、備嘗險阻艱難、而志存必克、終能攘除凶頑、奠都橿原、以肇一統之鴻基。今日米英之強、非長髓彥八十梟之流。大東亞共榮圈之建設、與中州戡定、豈可同日而論乎。皇上軫念之深、固非國民蠡測之所能及也。余思學生奮起、當在是時。為大學總長者、宜先唱義、率學生、伏奏闕下、誓討賊伏敵、以安宸襟、如楠公之於笠還山迺。如此、而始可謂不負帝國大學生之名而已。不然、及徵兵延期特典廢止。令下後、君皇應召、則既遲矣。世界前役後、余嘗遊歐洲、歷訪獨伊佛英大學、所到見學生戰沒碑、未曾不感歎其意氣壯烈也。夫歐洲列國、易姓革命、重自由民權、固非我國皇統一系、國民忠義天性之比也。而緩急際、慷慨赴敵、視死如歸、唯恐後者何也。亦由各有愛國心也。現時激戰數倍前役、獨佛英米學生爭先從軍、力戰健鬪、死者無算。諸子何獨忍安閑於鏡後哉。憤然投筆蹶起、固其所也。若夫此舉、早在一年前、則今日南征北伐、何憂兵力之不足哉。雖一舉覆米艦、再擧取濠洲可也。是所以憾其不早也。雖然、外征將士、一聞學生從軍、則勇氣百倍、留後男女、亦感憤勵精、夜以繼日、多製機器、益造船艦、則雖以米英之富强罔不足懼也。況諸子兼習文武、具備智勇、入營後、經訓練一年、則可得無比精兵、他日航空萬里、先登陷陣、投爆彈於紐育倫敦者、必知屬諸子也。抑中華民國、與我有同種同文之誼。宜引而爲援、不可與爭鋒也。今與南京國民政府、新締同盟條約、旣還租界、又約撤兵、國交更加親密。而地方軍閥頑陋、不通東亞之大局、與米蘇相通謀、據各地險要以抗戰。鷸蚌之爭、空爲漁父之利。

何可勝浩歎哉。諸子在大學、專攻漢學。須以平生所學、盡力於善鄰修好也。昔者蜀參軍馬謖、謂諸葛亮曰、兵法攻心為上、攻城為下。心戰為上、兵戰為下。亮用其計、七擒七縱孟獲、孟獲心服、南夷遂不復反。是計可襲以服土軍也。夫論語者孔門遺書、王仁獻之、歷朝尊信、皇道由之弥明、擁護國體者、實一千七百年矣。宋趙普以論語半部、佐太祖取天下、以半部、佐太宗致太平。諸子克致思於此、宜臨戰則奮戰力鬪、暇日則不廢讀書、以期擊滅宿敵、建設大東亜共榮圈。共榮圈之建設、所以恢弘八紘為宇之皇謨、而以道義立國為要。道義立國、以振興孔教爲先。是所切望於諸子也。論語之用、於是乎有。諸子可不日夕諷誦、以資於國體觀念之明徵、與鍛再精神之振作哉。聊述所懷、以爲壯行辭。感慨逼胸、不盡所言。只祈諸子武運長久云爾。

一堂東條先生墓碑銘

先生諱弘、源姓東條氏、字士毅、通称文藏、號一堂。螺窟、近聖樓、瑤池閒人、焚書以上人、均其別號也。上総八幡原人。始祖長兵衛仁慈好施、称小藏長兵衛。六世自得號壽庵、移居江都、業醫。配片岡氏、生三男一女、長則先生也。幼英敏、年甫十六、立志爲儒、遊京師、入皆川淇園門、力學十年、畢業歸東、從龜田鵬齋、叩經學底蘊、與朝川善庵、羽倉簡堂、佐藤一齋、龜田綾瀨、尾藤二洲等交遊、學益進。當是時、先生名高一世、下帷湯島、後移玉池。及門受業者、陸續不絕、諸侯爭聘問政、送迎以禮、有與儒稱。闇老阿部正弘、最重先生、給十口米、待以親戚禮、多所諮議。先生感激知遇、慨然對以擧賢良、革舊習、集諸侯、開會議、定國是、勤王事。言言剴切、一時傳誦不措云。幕府末造、海警頻至、攘夷論盛起。先生以為不可輕興師、以啓外釁、宜綏撫以方。彼若以暴加我、則一戰掃攘可也。且當使士民習航海術、修防戰具、水府老公、一橋公欲召先生、固辭不應。或勸先生、陽奉朱學、爲幕府儒官。先生不擇曰、吾固有所信、曲學阿世、以釣名利、則斷不能也。先生夙慨家儒之説、混同老佛、唱秦漢以前之古學、蓋繼鵬齋志。其字義精覈、文理明晰、承之淇園。而訓詁名物、以清儒考證爲據。故不陷淇園之妄斷、排新註駁古註、別立一家言。何其盛也。弟子三千餘人、英才輩出。就中江帾梧樓、清川八郎、賴三樹、安積五郎、桃井儀八、鳥山新三郎、森田梧由、海上胤平、尤有名。或以學問著、或以勤王聞。可以概見先生之學風矣。嘉永庚戌、先生七十三、歸里展墓。阿部侯賚以千石以上儀仗護送地頭石丸氏、遣僕送迎。書錦之榮可想也。初先生之從父出鄉也、纔九歲、所手栽稚松亭亭聳雲、先生撫之感慨無量、賦詩志喜。先生風貌和粹、資性溫厚、不與人爭、蚤起夜寢、讀書不懈、頗長臨池技。所著八十餘部、上梓者二十部。四書知言、五辨、孝經鄭氏解、繫辭答問最著。安政四年丁巳、七月十三日病沒、距生安永七年戊戌、十一月七日、享壽八十、葬於本所妙源寺先塋之次、諡曰古徵先生。妹婿嗣鄉家、世農。配鈴木氏、生四男二女。長諱喆、號方庵、為龍岡藩督學。娶本田氏、擧二男二女。伯長世繼箕裘業、叔長亂奉職學習院、及東京帝國大學長女重子、適小張文吉、次女道子、適山井清溪。清溪於余為伯舅。乃者鄉人追慕先生之遺德、建石謀不朽、介永胤男卯作、徵文於余。以戚誼不可辭、乃據狀叙其梗槩。唯恐不足發揚先生學德之萬一也。銘曰、

十年種樹。百年種德。欝欝孤松。先生所植。
先生之學。主奉先秦。非老斥佛。固排洛閩。
下帷授徒。志存經世。斐然成章。三千子弟。
積善餘慶。子孫蕃斯。千秋遺德。永御豐碑。

孤松庵記

乙酉春。米虜飛機、爆擊帝都益急。五月礫荘罹災、廈屋

灰燼。先是、余與內子、避難北總佐原、主牧野齋藤千代子齋藤氏、里之舊族、千代子與內子爲姻戚、早喪怙恃獨居。於是大喜、款待如一家。邸後負邱、前面隴圃。有孤松樹挺立、翠蓋蔽軒、頗有陶詩、冬嶺秀孤松之趣。因名曰孤松庵。國變後、余既無用於世、竊居一室、終日讀書、厭則盤桓於松下、仰看雲、俯吟詩、以爲常。若夫春和景明、山櫻方開、則執榼賞花、秋夜清涼、明月光輝、則陶然傾盃酒、與內子相顧而樂之、不復覺客愁之在身也。加之夏日苦熱、曲肱枕之、則松風送涼、至夢遊仙境。冬夜嚴寒、映雪讀書、則心凝氣定、如有神通。而西廂歌譯、偶成於此間、甚可喜也。四時之勝不同、尤於秋景宜。公孫樹之黄、芭蕉之青、楓葉之紅、與松之翠色相掩映、其下茅庵中、翁媼對坐者、余與内子也。嘱畫伯洞天爲之圖。而千代子請余記之。夫人之在世、雖爲期短、亦不能無榮枯盛衰、蓋有命焉。但智者不惑、仁者不憂、所以全其命也。如余生於明治之盛世、頼太平之恵澤、與父祖之餘蔭、歷仕三朝、爲大學教授、叨辱天恩、進講經筵、極儒臣之榮。一旦遇陽九、皇國傾覆、家燒財失、流寓他鄉、悲歎窮蹙、貧苦交加。況且忽遭新喪、内助無人、可謂命窮矣。然齡超古稀、身體猶健、守拙安分、文章報國、覽而後己。顧念輓近、思想忽變、曰民主、曰共產、人情輕儇、道義掃地。不及今講挽回之策、則後世子孫、殆將至不知仁義忠孝之爲何物。可不畏哉。孔子曰、人能弘道、非道弘人。當是時、爲中流之底柱、廻狂瀾於旣倒者、固有其人、非余之所與知也。又曰、歲寒然後知松柏之後彫。嗚呼余雖不敏、請事斯語矣。乃作孤松菴記、以自勵晩節、與千代子藏之、爲他日之卷云。

節山先生詩文鈔上篇終

節山先生詩文鈔下篇

受業 松井武編

紀元節陪宴退而恭賦謝恩 昭和十年

佳節修嚴祀。鹿鳴燕群臣。天恩十盃酒。餘惠一家春。

墨江園雅集賦呈巽軒器堂兩先生

菊花馥郁墨江園。我有嘉賓酒滿罇。風仰盛名凌泰斗。堪欽浩氣壓乾坤。武勳不及文勳遠。人爵何如天爵尊。振鐸栖栖老逾壯。加餐自愛答皇恩。

畫像贊謝尾山人

周甲掛冠濼水陰。春風桃李好清吟。白頭愈慕親恩大。

青眼且欣交誼深。忠孝傳家全晩節。文章報國盡微忱。藉君善画入神筆。寫出老驥千里心。

送兒桓遠征滿洲 昭和十二年於品川驛

堂々隊伍發京營。萬里渡洋從遠征。寒雨冷風連品海。驛頭何忍訣兒情。

哭外孫寺田元 三歳夭折

或為將相或儒師。期待他年成長時。東亜風雲從此急。昊天何意奪獅兒。

興國鐘引 東京府立第六中學校長阿部君、請受軍艦三笠時鐘、名曰興國鐘。

皇國之興廢在此一戰。三笠檣頭令旗飄。我軍望見踴躍起。勇氣凜凜膽生毛。敵艦如山吾何怖。縱橫奮擊叱怒濤。硝烟蔽海天日曀。巨礮連發鷩長鼉。一舉殲滅强敵盡。從此胡虜遠遁逃。東鄉驍名天下震。何數漢家霍嫖姚。當時三笠艦上鐘。懸在六中黌前高。風雨寒暑不少變。警醒般般報晨朝。修文練武務功課。一千健兒意氣豪。君不聞偉林將軍語。瓦路戰勝因伊敦學寮。又不聞費府獨立鐘。震動全米十三州如雷囂。世界平和何日得。狡蘇黠張吾何饒。嗚呼兵可銷兮艦可碎。千秋不磨日本刀。興國鐘兮興國鐘。我願起懦振頑覺醒八千萬同胞。

拜讀宣戰大詔、不勝感激、賦檄國民

正是國家危急秋。至尊宣戰討仇讎。皇民一億心如鐵。不滅米英死不休。

北京東亞文化協議會、賦呈王委員長　克敏

浮海來航萬里程。風帆無恙入燕京。閲牆休作漁人利。焦土空成豎子名。同種同文尋舊誼。一心一德締新盟。諸君若問救時策。振起儒風致太平。

南京還都三年慶典、賦呈汪主席　精衛

重逢話舊對芳罇。覆雨飜雲何足論。非有藺廉交刎頸。共生同死是空言。

南京文學報國會賦似江教育部長 充虎

置酒交驩高閣中。藹然和氣醉春風。將毫替劍君休笑。橫掃千軍萬馬空。

新憤激 昭和十九年十月、所賜第八十二議會詔勅中、有新憤激之語、感激恐懼恭賦。

君不聞楠公滅賊誓七生。一木難支大廈傾。刀折矢竭為玉碎。忠烈長傳軍神名。北顧幹都亂鬼犬。南望細盤震哭聲。如今戰局尤危急。一賭乾坤決輸贏。有鐵須鑄製堅艦。有玉須碎造利兵。我為君航空萬里長驅襲紐育。君為我爆彈百噸投下覆英京。又不聞太郎一喝退元寇。斷而行何事不成。日本男兒終不屈。何肯折腰向虜營。勿爭功。勿退嬰。勿營私。勿放情。奉戴大詔新憤激。
誓滅驕虜酬聖明。

神風隊歌第一（神風特攻隊、大和、敷島、山櫻、若櫻／菊水第二隊、忠勇、義烈、純忠、誠忠諸隊）

想昔文永弘安時。蒙古入寇西海陲。天怒神憤大風起。
怒濤覆舟十萬師。東亞風雲今復急。米艦如山蔽海來。
傲慢無禮何為者。必使羶血釁鼓鼙。零丁灣頭戰最激。
亦是一擧決勝期。年少氣銳誓玉碎。瓦全何肯顧生歸。
剛勇無雙神風隊。神風却自隊中吹。飛機御風神耶鬼。
知是日本真男兒。神人一體為肉彈。命中虜艦與艦摧。
前者跪仆後者繼。隊隊挺進續續隨。勢如鷙鳥搏狡兔。

又似疾風驅迅雷。擊破轟沈不知數。戰艦空母安在哉
覆溺空路叢古轍。必殺必中功何奇。嗟乎我有海陸空
軍百萬特攻隊。神州肇國以來未曾容外夷窺。

礫莊罹災　二首錄一

僅見廢墟書庫存。荒凉滿目轉傷魂。文章報國傳家志。
殘筆一揮酬聖恩。

牧野偶成　三首

長鋏幾時歸舊廬。出無輿馬食無魚。閑居終日為何事。
辜負傳家萬卷書。
日夜回頭望帝都。獨彈長鋏賦歸乎。雞鳴狗盜滿天下。

虎嘯何人是丈夫。

元知家國有興亡。昨是今非夢一場。聲斷悲歌慷慨筆。
風流三昧評西廂。

新憲法公布所感　二首

一系神孫萬世傳。君臣同體國基堅。元來聖造民為本。
憲法貴和從古然。橿原奠都令曰、苟有利民、何妨聖造。聖德太子憲法第一條曰、以和為貴。

莫將成敗喪天真。元是善良皇國民。憲法何分新與舊。
要全忠孝荅君親。

天馬歌贈辛島生

天馬徠兮從西陬。漢代文化自此開。子長史筆相如賦。

兩馬文章天下魁。今見天馬東方出。俶儻權奇千里材。振鬣長鳴萬人駭。伯樂一顧識龍媒。橫行冀邦碧蹄驕。更向禹域試飛跳。恰會革命創業際。豫知學界起新潮。一揮兩馬大手筆。要賦寰宇泰平謠。天馬爲誰新博士。姓是辛爲名是驍。

行己有恥行　昭和七年過露齋廣田弘毅君爲駐蘇大使、置酒歡迎、書論語此句被贈。

行己有恥不辱君命。昔聞其語今見其人。其人爲誰廣田氏。曾是向陵同窓親。年少氣銳心如鐵。修文練武備苦辛。有時痛飲顏亭酒。醉吟高唱爛漫春。讀書不願爲腐儒。奮然決志事經綸。潛龍豈久池中物。忽乘風雲上

九旻露都再會卅年後倒屣歡迎洗張塵美酒佳肴開
盛宴醉筆一揮見情真阿蒙既非呉下舊欽羨四方雷
名振尊俎折衝不敢屈媚態何效儀與秦還在東京三
相見湯島聖堂復興辰洋々禮樂修嚴祀藹々和氣宴
嘉賓既為外相譽望重遂宅百揆秉國鈞下陵上替綱
紀弛内憂外患相尋臻列強離合何反覆興亡轉機由
交鄰猷策不容乞骸骨天恩優渥列重臣無端開戰勝
敗決忍使神州空沈淪從容就義臣事畢一貫忠誠治
鬼神究竟不知誰或首莫將成敗斷其因春秋須待聖
人削千載寃屈何日伸恭揭尊影薦盃酒追懷往事感

慨頻。展觀遺墨如神在。此語吾輩宜書紳。

神氣湍山行 參議院議長松平恒雄君一周年祭典獻奠

君驥之子鳳之雛。將門出將語不虛。會藩土津公為祖。兼文備武真丈夫。妙齡夙入學習院。才氣煥發與衆殊。更從高黌進大學。能閑活眼讀活書。燕雀寧知鴻鵠志。一擧高翔青雲外。壯年銳氣何揚揚。盤根錯節試利器。仕自明大洎昭和。恰遇國運龍興際。到國對時重外交。尊俎折衝任尤大。欽差奉命使四鄰。忠信篤敬令名新。米都英京瑞府會。裁其貴和多勤勳。入為宮相侍君側。明良際會水魚親。內憂外患相尋起。鞠躬盡瘁不顧身。

不圖國破金甌缺。開闢以来未曾有。無衣無食住無家。生民塗炭流離久。慨然起先天下憂。議政壇上獅子吼。辛苦經營謀復興。不要逆取要順守。傳聞朱英尋舊盟。近日將見和約成。全權大使誰是適。十指所指属松平。昊天不弔不假命。五丈原頭落長星。可憾不濟有終美。錦上添花照汗青。想昔少年同學日。交情親似膠與漆。出入不離影隨形。一日不見如自失。相携曾攀秩父峯。「神氣溢山」揮椽筆。誰知他年為奇緣。納妃締姻於皇室。還想兩度會倫敦。瓦得路弔奈破崙。歷觀獨佛興亡跡。伯林夜雨倒酒罇。從遊五十有餘歲。深愧未酬知己恩。

回顧往事茫如夢。聊薦清酌祭英魂。匆言揖館何其速。古稀加三壽福足。功成名遂更何求。生榮死哀宜瞑目。嗟子期死牙絕絃。拜伏壇前空慟哭。只願再結未了因。來生與君為忠僕。曾在一高同遊秩父山、宿三峯神社、宮司乞揮毫。君乃書神氣滿山四字。

拜誦大正天皇御製詩、不勝感激恭賦

旭日初上東海陬。靈光赫灼慶雲浮。富峯白雪琵湖水。天地正氣鍾神州。何唯山水風物好。更有人情美而優。發為歌詠詞華粲。其旨敦厚兼溫柔。王仁傳經文教盛。弘文賦詩居源頭。懷風藻及萬葉集。詩歌自此相分流。明治大帝歌天子。雍容大雅無匹儔。大正天皇亦詩聖。

天眞爛漫從自由。遠州洋賦遠征志。夢乘鶴駕巡歐洲。
敬神崇祖謁太廟。修文奮武恢皇猷。親賢養老垂仁愛。
東幸西狩咨民尤。宵旰圖治承先烈。宸藻煥耀發隱憂。
御宇一十有五歲。正是皇國丕盛秋。巴黎會列五大國。
威德光被全地球。想昔青宮龍潛日。虎闈茵書躬研修。
小臣亦在學習院。拜恩數陪西苑遊。辟雍承乏任司業。
叨膺博士敬天庥。即今飄泊遘陽九。報國素志慚難酬。
奉誦御製欽聖德。不禁感淚橫雙眸。聳振斯文興皇道。
欲獻褒字和平謠。

孔夫子生誕二千五百年祭賦奠

泰山嵂崒摩蒼穹。巖々維石光熊々。膚寸雲爲天下雨。
日月不敢過中峯。下有壁立萬仭壑。奔湍飛瀑勢如龍。
磴道盤廻七千級。天門高闢碧霞宮。層巒重疊連齊魯。
尼丘葱鬱靈秀鍾。洙泗清流環其下。聖人嶽降茲遺蹤。
生而岐嶷克匍匐。嬉戲俎豆殊群童。十五志学卅而立。
四十不惑浩氣充。五十豁然知天命。進當國政輸匪躬。
攝相定公會夾谷。尊俎禦侮任折衝。不忍三桓凌公室。
欲爲東周心何雄。憂世不知老將至。栖々振鐸遊諸邦。
適衛過匡如宋鄭。厄於陳蔡幾困窮。周流十年歸故國。
行藏用舍能有終。下帷杏壇習六藝。三千弟子相牽從。

循々善誘誨不倦。濟々多士同一窓。參也魯兮師也辟。
賜也貨殖回也空。由也好勇求也畫。游夏文學何雍々。
删詩正樂叙書傳。繫辭賛易分吉凶。筆削春秋正名分。
襃貶黜陟陳深衷。明倫立教宣王道。祖述堯舜宗周公。
進而大成博以約。一貫之道今古通。王仁來朝獻聖典。
自此名教傳海東。天子幸雍臨釋奠。春秋祭祀瞻尊崇。
和魂漢才務攻玉。奎運隆盛啓顓蒙。江都開府創聖廟。
修文練武人材豐。明治中興新學制。釐定教典皇道融。
無姓一系承大統。朝秦暮漢何得同。國不異家家即國。
忠不異孝孝即忠。國體之美絕宇内。偏是先儒陶冶功。

峯山善畫入神筆。克温克厲描聖容。誰知本來夫子教。
眞面目自存箇中。乾旋坤轉會劫運。異端邪説如猛洪。
滔滔天下跳魑魅。誰擬孟叟降魔鋒。同洲同學本兄弟。
鬩墻何意生内訌。頽振斯文新邁德。重尋舊誼相迎逢。
二千五百年聖誕。湯岡金桂秋香濃。簠簋籩豆尊古禮。
鼓吹洋洋舞樂供。咫尺棠壇如神在。仰見至聖功德隆。
叅羅飲福宴賓主。藹然堂上和氣藹。嗟予簣裘襲四世。
今日講經光榮重。齡躋古稀身適健。文章報國追祖翁。
想昔浮海溯洙泗。陪列丁祭申敬恭。聖裔歡迎遠來友。
置酒高會醉春風。西望禹域雲漠漠。不覺感慨填心胸。

唐宋寢廟軼血食。帝陵壞廢荒蒿蓬。何如林廟留國寶。七十七代嚴爵封。高哉泰山衆嶽相。大哉孔子萬世宗。

聖像遭難（湯島聖堂安置御物聖像傳是明朱舜水所齎、一夜為盜所竊、忽返還之。）

孔子聖之時。行藏適所宜。無可無不可。與世能推移。爵爵湯罔上。巍々大聖祠。鐵龕安銅像。廟殿鎖嚴扃。夜半有鼠賊。侵入犯尊威。神體被偷竊。不知何處之。守者恐懼甚。懸賞羽檄飛。恰似陳蔡阨。堪歎時事非。澆世不崇聖。鳳兮德何衰。道義空掃地。人心為傾危。何圖數日後。發顯跡煩奇。天生德於我。桓魋其何為。盜人畏明罰。故意車中遺。像置一封簡。陳謝多罪辭。遭難幸無事。激忭迎而歸。聖像復舊位。靈德增光輝。又知有鄒德。則出一尊隨同云舜水發兄弟不可離。虞誠卜吉日釋奠備盛儀。仰見大成殿。斯文在於茲。初朱舜水來航時、齎聖像三尊云

斷絃行 節子三周忌賦奠

樂莫樂於新相知。悲莫悲於永別離。人生有限情無盡白翁為賦長恨詞。北總佐原伊能氏窈窕淑女名節子。養在深閨庭訓嚴。三從四德備才美。予亦四世襲箕裘關雎有慶錫好逑。負笈出洋遊清獨。衣錦還鄉寵命優辟雍司業膺博士。承恩進講九重裏。端門桃李爭芳妍。功成名聲四方馳。男二文醫修業終。從軍陸海各奉公。

女三出嫁配君子。偏賴良妻賢母功。無端天覆遭劫難。
流寓辛苦親炊爨。衰老罹病終不治。琴折絃斷發長歎。
想昔鹽溪新婚時。溫泉浴罷擧瓊卮。兩心定情設深誓。
在天比翼地連枝。何圖人命如朝露。一旦無常棄予去。
房中寂寞空傷心。春花秋月何所慕。還想偕老五十秋。
共甘同苦艱而休。內助劬勞酬難得。日夜看病護枕頭。
夫云來生爲乃婦。婦云願復執箕帚。要結世世未了緣。
此恨天長兼地久。

續絃行與晩香、名菊乃、北越長岡人。

長岡館上開盛宴。賓主交歡迎相見。青眼高歌逸興催。

兩妓俯觴巧笑倩。靜兮善舞菊兮歌。歌如嬌鶯舞如燕。可憐識字能解詩。華筵醉題寄眷戀。一別音容經幾年。春花秋月夢空牽。何圖東都逢阿菊。且驚且喜心欲顛。佳人自古多薄命。若樂一任憑他姓。人情反覆行路難。一榮一落歎破鏡。遂投旗亭為侍婢。偶然壁上見題詩。知是先生身猶健。再得邂逅遇尤奇。往事茫茫如一夢。話舊談新感而慟。予亦新喪糟糠妻。鰥居寂寞抱餘痛。君不聞陶朱公滅勾吳。同載西施游五湖。又不聞白翁聽琵琶語。惻惻偏憫淪落女。窮鳥入懷獵夫憐。人非木石無情纏。十有七年思慕久。一葉題箋結姻緣。名教中自有樂地殘軀行樂天所賜。陶朱遨遊恣驕情。白翁風流傳好事。嗟予古稀又加三。鸞膠續絃樂且湛。紛々世評何足問。自由女嫁自由男。結句用獨逸文豪是兒列兒劇詩句

將進酒 櫟莊會飲戲賦似同人

天有酒星地有酒泉。又知人間有酒仙。竹林七兮飲中八。藝苑佳話千秋傳。一盃一盃又一盃。三盃微醺醉陶然。十盃呑滑揮雄辯。百盃狂歌驚四筵。君不聞酒是天美祿。聖賢愛飲不愧天。夫子無量不及亂。淵明一醉直欲眠。又不聞酒是百藥長。忘憂消愁又延年。劉伶為賦酒德頌。李白長醉忘流連。將進酒盃勿擲。請君聽我歌。

一篇。功名富貴非吾願。何爭蝸角蠅頭小利權。何如豪飲傾斗酒。紅光入面舞蹁躚。騎天馬跨仙鶴。逍遙自在遊無何有邊。

賣書行 二首

屢屋一朝委戰塵。無衣無食象寒貧。忍飢空守夷齊節。縱賣藏書不賣身。

蒐集多年費苦辛。燕山萊水拾珠珍。一朝棄擲嗟何忍。抱讀殘書落淚頻。燕山北京、萊水獨逸國萊府、共是世界藏書處

麻布學園中學生招魂歌

相模湖上風景美。來遊麻布中學子。秋晴氣清風波平。

泛舟搖ゝ賞山水。乘興高歌揚歡聲。龍神破夢跳水驚。
波起舟覆忽沈沒。二十二童爲犧牲。咄ゝ怪事起不測。
岸上狂奔援不得。不知何處招芳魂。天茫ゝ兮地默ゝ。
魂兮回來盍回來。父兮母兮待汝回。恩師良友哭而慟。
瑩察學園致其哀。元來生死有天命。夭壽不貳命之聽。
魂兮安心可以瞑。今生衰者來生盛。人誰無過改爲尊。
古來聖賢明訓存。前車覆爲後車戒。油斷大敵是金言。
吁嗟少年國之寶。苗而不秀死何早。金甌一缺國步艱。
神州賴誰能再造。

天龍川佐久間大堰堤竣工賀詞。呈間組神部社長君不見蜿蜒躍地大天龍。一氣奔流萬嶽中。又不聞非常人有非常擧。穿山塞水奪天工。開發電源興祖國。回天事業賴英雄。贏得世界新記錄。壓倒神禹治水功。

賀次男楨膺醫學博士（南江桃蹊兩先生業醫。宕陰先生改為儒。至楨五世）

聿修先德事研精。賀汝刀圭大業成。泉下祖翁應有喜。弟兄分道一門榮。

還居礫莊新年會賦似同人

劫後萍遊已十春。幸還故宅感懷新。廢墟存庫空存志。窮境賣書未賣身。擁護斯文君與我。復興皇國是誰人。舊朋再會歡何極。青眼高歌驚四鄰。

丁酉正月、明治神宮元旦祭賦献

赫々神威照八紘。聯邦修好締新盟。願傾東海洗兵甲。
長為兆民開太平。

八十新年自述　二首

夭壽元知命在天。老騏伏櫪愧軀全。志存千里何時達。
百歲僅餘二十年。

赭顏如鐵白鬚銀。斗酒百篇英氣新。八十老翁何所惜。
向誰感激致斯身。

鶴山先生詩文鈔下篇終

附錄唱和集

新年進講　節山

正是昭和第五年。新春奉勅侍經筵。黎民於變時雍日。恭講尚書堯典篇。

和鹽谷博士新年進講詩韻　松浦恭齋

四世師風自藹然。令名夙達九重天。經筵今日講王道。獻得昭和策一篇。

送節山博士遊滿洲國　荒木鳳岡

欲入新京先著鞭。欽君志氣老逾堅。山河雪解麗竟日。宮殿春深綴舜絃。禮重方知民俗改。義高自見國交全。

諸公若問濟時策。爲唱豳風七月篇。

奉次鳳岡先生瑤韻　　節山

慨然欲著祖生鞭。意氣軒昂鐵石堅。北滿朝廷新奠鼎。南薰禮樂要更絃。山川漠漠煙塵遠。花木欣欣雨露全。偃武修文宣德化。經筵爲講帝王篇。

送節山博士西遊　　市村器堂

遼左歸來席未温。又修行李向倫敦。眞成時事堪蒿目。誰續當年隔鞾論。宕陰先生鑑清國阿片亂、著隔鞾論。

題節山博士所著西遊紀行

一路舟車萬里通。欽君遊跡遍西東。白山晴雪雁聲外。

紅海夕陽帆影中。歐亜風雲入詩賦。古今月旦及英雄。
更欣到處說王道也。似當年鄒魯風。

奉次罍堂先生瑤韻 二首　節山

孔席栖栖不暇溫。還振木鐸向倫敦。筐中裝得無他物。
唯有一篇王道論。

梯航萬里自由通。書劍周遊西又東。且喜同袍多海外。
莫憂阿堵乏囊中。歐山立馬氣何壯。美水屠龍心更雄。
唯願修文兼奮武。長教世界洽皇風。

讀喜壽詩選。敬贈節山博士　鈴木豹軒

節山博士繼儒風。正氣發揚吟誦中。喜壽選成詩八十。

丹心一片向蒼穹

敬步豹軒詩宗瑤韻　　節山

嘯月吟花又詠風。四時佳興酒盃中。殘軀行樂君休笑。今是昨非付碧穹。

喜壽自述十首之一　　小池曼洞

醫人立志出鄕荆。七十年前客帝城。鶴髮慈親傳雁信。蘭言益友結鷗盟。壯時難忘烟霞夢。老後獨留風月情。仁術濟生偏所願。庸才何必索成名。

敬步曼洞醫伯瑤韻以賀　　節山

鸞鳳何爲棲棘荆。一朝奮翼入京城。咬根嘗草修仁術。

嘯月吟花聯雅盟。喜壽菊芳新酒味。同心蘭秀故人情。
刀圭報國功亡大。不問凌煙麟閣名。

余遊學獨國。寓萊府蘇家、一年有半、母子情極懇切。臨去題帖留別。歲在明治四十二年。 節山

天涯負笈事精研。秋月春風思渺然。佳木森々萊府野。長流滾々布雷川。學徒來集三千士。奎運隆興五百年。別有蘇家情懇款。不知身在異鄉邊。萊府大學創立五百年

Leipzig Pleisse

昭和三年冬、遊萊府訪蘇氏。賓恩師節山博士舊寓處也。有先生臨別詩、一讀悽然、不堪感慨、次韻贈蘇夫人。

Fr. Speriet

高田韜軒

日東學士勉精研。書劍天涯意卓然。躍馬春風趨曠野。
題襟秋月旁長川。青雲鳳翮三千里。白首龍鍾二十年。
猶有蘇家懷舊誼。話頭隨淚爐寒邊。

昭和七年、再遊萊府、訪蘇家。夫人既逝。孃亦華髮。
讀貉軒博士題詩。悵然疊韻。贈蘇孃　節山

鐵硯當時盡力研。重遊此地轉悽然。悲風颯々度新墓。
明月溶々流舊川。騎鶴須翁遙隔界。登仙蘇母既經年。
可憐守寓遺孤在。和淚說來樽酒邊。須翁 Hr. Sussmann

附錄唱和集終

今茲丁酉馬齡踰八十知友受業諸君胥謀設壽
賀會請刊詩文集於是岡田松井兩學士校定述作
選文若干篇詩三十六首附以唱和詩若干手寫付玻瓈版
以爲紀念但紙數有定限聊表感謝之意云
春分節於熱海佐藤氏春海樓
節山學人

節山三十六詩　三十二

館山先生詩文鈔　二　硯耕

正誤表

枚	行	正	誤
一三	七	券	巻
一七	一六	和	民（割註第二行）
二九	一〇	Spamer	Spamet

昭和三十二年六月一日発行
塩谷節山先生八十寿賀記念会刊行
東京都北区栄町四三壱誠社黒須澳
治印刷、口絵黒田一誠揮毫、
写真日本工藝社、本文製版相原プ
ロセス会社、製本西川製本所。